PLAYER CHARACTER
ユーリ
「悪いなポン太郎たち。
お前たちをサブウェポンに落とし込
の奥義を、
お前たち自身で再現するなんて……」
Summoned Beast
ポン太郎
『キッシャーッ！キシャシャーシャ！』
（いいんでさぁアネゴ。ここは負け犬同士、喜んで手を組んでやりますぜッ！）

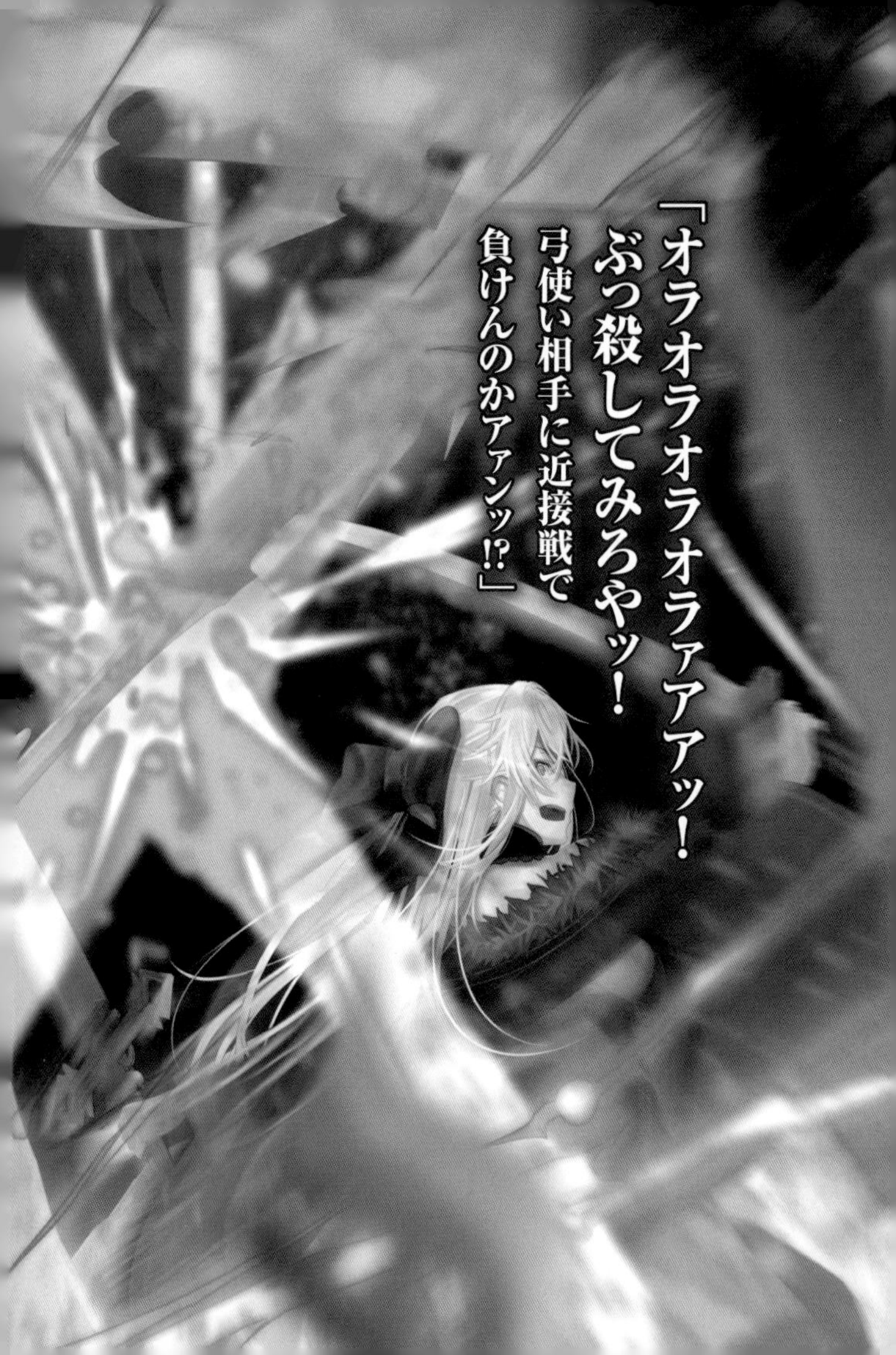
「オラオラオラオラァアアッ！
ぶっ殺してみろやッ！
弓使い相手に近接戦で
負けんのかアァンッ⁉」

『サンダー・エンチャント・スーサイドボルト』
……くッ、文字通り
手が足りない――ッ!?」
PLAYER CHARACTER
ピンコ

「あぁッあぁッ、ありがとうみんなぁ！
ここまで容赦なく追い詰めるのは大変だっただろう!?
お前たちの本気っぷりには泣くしかないぃッ！」
「あぁ、いい加減に
気付いたんだよ――
俺は絶望が
大好きだ……………！」
PLAYER CHARACTER
ペンドラゴン

ブレイドスキル オンライン

BLADE SKILL ONLINE

04

ゴミ職業で最弱武器でクソステータスの俺、
いつのまにか『ラスボス』に成り上がります！

Author
馬路まんじ

Illustration
霜降
(Laplacian)

BLADE SKILL ONLINE

04

CONTENTS

プロローグ　修行開始ッ！　ユーリちゃん！！！！！！！！！

「ぬおおおおおっ、ファイトじゃぁぁぁぁッッッ……！」

襲撃イベントが始まってから二日目。

俺は全身汗だくになりながら、何百メートルもある崖を登っていた……！

というのもあれだ。

さて、これからどう強くなろうかとザンソードに相談したところ、こうアドバイスされたのだ。

『せっかく武術系アーツが使えるようになったのだ。ならば、特定のクエストを受けてスペシャルなアーツを覚えてみぬか？』、と。

アイツ曰《いわ》く、アーツにはレベル依存で自動習得するものと、クエストの特典によりNPCから教わるものの2種類があるらしい。

んでやっぱり、後者の方法で覚えたアーツのほうが強かったりユニークだったりするんだとか。

「ま、レベルを上げたら勝手に覚えるモノと違って、ひと手間かけて覚えるんだから当然か。

にしても……ふぎぎぎぎ……ッ！」

崖のぼりとかキツすぎだろ！

筋力値の高いプレイヤーならヒョイヒョイ登れるかもしれないが、俺は幸運値極振りだ。

筋力値ゼロ＝何もできなくなるわけじゃないが、リアルと同等かそれ以下の腕力で、超人《プレイヤー》が挑むことを前提とした試練に臨むのはめちゃくちゃキツい。

「はふぅ……でも頑張らないとなあ。ザンソード曰く、この崖を登った先にアーツを教えてくれるNPCがいるらしいし……！」

掴《つか》めそうな出っ張りを探しながら、ナメクジの速度で高い崖を上がっていく。

はっきり言ってものすごく辛《つら》い。

ファイヤーバードに乗れたらラクだったが、前々回のアップデートで飛行に高さ制限つけられちまったからなぁ。

「こうなりゃ気合いだ……！　気合いで全ては解決するんじゃァ！　オラオラオラオラオラオラオラァァあああああ！！！」

雄叫《おたけ》びを上げながらノソノソと上を目指す。

――かくして、ひたすらクライミングすること数時間。

途中で1回落ちて死にかけたり、何度も諦めそうになったり、でもそのたびに運営への怒りをモチベにハッスルしたり、心の中のスキンヘッドに励まされながら頑張り続けたことで……、

「……や、やっと見えてきた！　頂上だぁ！」

ついにゴールが目の前に現れたっ！

あ、あと十数メートルだ！！！

あと十数メートル登れば頂上じゃァァあああああ！

「うおおおっ、ラストスパートォ！」

クソザコな四肢に力を込め、残る距離を一気に縮めていく！

そしてあと数メートル。いよいよゴールという時だった。

ふと頂上の崖っぷちに、天狗《てんぐ》の仮面を被《かぶ》った大男が現れたのだ。

――ってこいつ、ザンソードから聞いたぞ！

「おいっ、アンタが強力なアーツを教えてくれるっていうNPCだろ!?　たしか天狗仙人とかいう！」

こいつのところでいくつかのクエストをこなすことで技を習得できるらしい。

修行をつけてくれる存在＝天狗とはずいぶん安直だなぁと思うが、まぁそれはともかくだ！

「勇者ユーリが弟子入りしにきたぜっ！　さぁ爺《じい》さん、俺にアーツを教えてくれ！」

そう言った瞬間、天狗仙人は俺のことをジーッと見て……、

「なっ――カルマポイント：マイナス125万じゃとッ!?　お、おぬしのような異常者に誰が技を教えるかぁぁぁぁぁ！！」

「ふぇ？」

ガクガクと震えながら吠《ほ》え叫ぶ天狗仙人。

彼はその手に弓矢を出現させると、俺に向かって弦を思いっきり引き絞り――！

「ちょッ、おいこら天狗ゥ!?」

「死ねぇッ！　弓術系アーツ、『暴風撃』！」

次の瞬間、風を纏《まと》った矢をぶっ放してくるのだった！

俺はとっさに身を捻《ひね》って避《よ》けるが、矢から放たれる暴風に煽《あお》られ……、

「あっ――ああああああああッ!?」

……岩肌を摑んでいた手を引き剝がされ、地面に向かって真っ逆さまに落ちていくのだった……！

テッ、テメェ天狗ゥ!?

覚えておけよオラァァあああああ！！！

第四十六話　ひさびさにキレちまったよ、頂上行こうぜユーリちゃん!!!

「うぅっ……」

地面に刻まれたクレーターの中心より、俺はふらりと起き上がった。

痛みもある。衝撃もある。

流石《さすが》に数百メートルからの落下はキツく、足元は未《いま》だにふらふらだ。

だが、

「……ムカついた。ムカついたムカついたムカついたッ！　あのクソ天狗がァーッ！！」

へばってる場合かコンチクショウッ！

「野郎マジでふざけんじゃねえぞッ!?　俺が何時間もかけて崖のぼりした苦労を水の泡にしやがって！」

カルマポイントがマイナスとか知るかよぉ！

ぱっと見の数値だけで人を差別して暴力を振るうとか最低だぞっ！

「俺たちの手は人を殴るためでなく、人と手を繋《つな》ぐため。俺たちの口は人を差別するためでなく、人と愛を語るためについてるんだッ！」

それなのにあのヘイト天狗が好き勝手しやがってドチクショウがァァ！！！

「わからせてやるッ！　俺の最強正義勇者パンチで悪逆天狗を殲滅《せんめつ》じゃあッ！」

頂点に達する正義の怒り。俺の思考回路が猛回転し始める！

もうノロノロと崖のぼりなんてしてやるか。

俺の座右の銘は悪即パンチじゃッ！（※今決めた）

「というわけで来いっ、爆殺武装たちよ！」

叫びに応え、俺の周囲に瘴気《しょうき》を放つ魔剣や魔槍《まそう》が現れる。

さぁ、こっからは賭けの時間だ！　気合い入れていくぜっ！

「待ってろよヘイト天狗。――爆発系スキル、【紅蓮《ぐれん》の魔王】発動ッ！」

次の瞬間、周囲の爆殺武装たちが一気に大爆発を起こした！

当然ながら俺は巻き込まれ、黒焦げになりながら宙を舞う。

――だがしかしッ！


スキル【執念】発動！　致命傷よりHP1で生存！

「よーし生存ッ！　この調子でいくぜ！」

毎度おなじみの【執念】さんで耐え抜くと、俺はさらに爆殺武装を手元に呼び出した。

そしてそいつを地面側に向け、

「【紅蓮の魔王】、もう一回発動ッ！」

ふたたび巻き起こる大爆発。

それによって俺はまたも致命傷を受けるも、おかげでさらに十メートル近く浮き上がる。

「ウェッヘッへ、名付けて人間ロケット作戦よ！　爆死を繰り返していけば頂上までまっしぐらってわけだ！」

普通のプレイヤーなら数発で死んじまうが、俺は幸運値極振りだからな！

食いしばりスキル【執念】が失敗するまで空に向かって飛び放題じゃあ！

「デメリットとして血肉がどんどん弾《はじ》け飛んでくが、ペンドラゴンのおかげで慣れたぜガハハッ！　つーわけで一気に行くぜぇ！」

俺はアイテムボックスから爆発系武器をありったけ呼び出すと、頂上目指してぶっ飛んでいく！

「ウォォォォォーーーーーッッッ！！！」

――かくして、爆死ジャンプを繰り返すこと十回以上。

俺はあっという間に頂上を超える高さまでたどり着くのだった！

あ、ヘイト天狗発見！

「ヌアッ、貴様はさっきの大悪党!?」

ビクッと震えながら俺を見上げるヘイト天狗。

ヤツは咄嗟《とっさ》に弓矢を呼び出し、俺に向かって構えようとするが、

「遅いッ！　新必殺技発動、爆死ブースターッ！」

俺は背後に爆発武器を呼び出し、躊躇《ちゅうちょ》なく爆破させた！

それによって爆死ジャンプと逆の要領で、下にいるヘイト天狗目掛けてぶっ飛んでいく！

「な、なにぃぃッ!?」

「食らいやがれぇーーーッ！」

驚愕《きょうがく》するヘイト天狗に向かい、拳を引き絞りッ――！

「正義の鉄拳オラァァァーーーッッッ！！！！！」

「ぎゃあああァァあああああ！！？」

その顔面へと、おもっくそパンチを叩《たた》き込んだのだったッ！

◆　◇　◆

あれから数分後。

俺は崖の上に設けられた木造屋敷の中にいた。

ここが天狗仙人のおうちらしい。いいとこ住んでるね。

ちなみに現在の服装は初期装備の黒ワンピだ。

一張羅である『死神姫のドレス』シリーズは爆死技の連続でビリビリになっちゃったからなあ。

「はぁ。先日ペンドラゴンに穴を開けられまくったばかりだってのに。またグリムに直してもらわないとなぁ……」

装備の耐久性が無茶についてこれなくなってきたか。やっぱりそろそろ換え時だよなぁ。

ま、そこは後々考えるとして……。

「まずは俺自身が強くなるのが先だな。——つーわけで天狗の爺さん、俺を弟子入りさせやがれ」

「ぬぅう……！」

俺の言葉に、天狗仙人があぐらをかきながら唸《うな》り声《ごえ》を上げた。

その仮面は俺のパンチでバキバキだ。

「ぐぅ……貴様のような大罪人に、ワシの技術を託すわけには……！」

「それが遺言でいいんだな？」

「って待て待てッ!?　っ……わかった。不承《ふしょう》不承《ぶしょう》ながら、了承してやるわい！」

ヤケクソ気味に叫ぶヘイト天狗。

その瞬間、俺の目の前にメッセージが表示される。

・交渉成立！　アナタは天魔流師範・天狗仙人の弟子となりました！
ただし暴力によって交渉したため、好感度は最悪です。アナタのカルマ値はさらに30落ちました。
※カルマ値がマイナスの場合、悪属性以外のＮＰＣとトラブルになることがあります。
スムーズにゲームを進めたい場合、善良に振る舞い続けるか、『贖罪《しょくざい》クエスト』を受けてカルマを浄化しましょう。

は～～～!?　贖罪クエストだぁ!?

正義マンのユーリくんに罪なんてねーよ！　誰が受けるかバァァァカ！

「オラッ、ヘイト天狗も嫌ってんじゃねえよ！　俺を好きになれっ！」

「って何言っとんじゃ貴様は!?　あとヘイト天狗ってなんじゃァいッ！」

プンスカと怒るヘイト天狗。

次の瞬間、今度は目の前に真っ赤なメッセージが現れた。

※警告！
意味不明の言動＋好感度が最悪の状態でネーミングセンス最悪の呼び方をしたため、天《てん》狗《ぐ》仙人からの好感度が最悪を上回る最悪の領域に突入しました。

隙を見せた場合、容赦なくキルされる最悪の状態です。

即座に関係を絶ち、逃げることをオススメします。


ってどんだけ最悪って言葉を使うんだよ。

つーか容赦なくキルされる状態だとぉ!?

「上等じゃオラァ！　殺せると思うんなら殺しに来いやヘイト師匠オラッ！　相手になってやらぁ！」

「えぇいッ、言われるまでもないわクソ弟子が！　技を見せるフリして貴様にぶっ放してやるから覚悟するがいいッ！」

俺たちは共にキレ散らかしながら、パァンッ！　と力任せな握手を交わす。

こうして、殺すか殺されるかの師弟関係が始まるのだった……！

【刺客対策】総合雑談スレ ７７０【みんな強くなれ！】

1. 駆け抜ける冒険者

ここは総合雑談スレです。

ルールを守って自由に書き込みましょう。パーティ募集、愚痴、アンチ、晒しなどは専用スレでお願いします。

次スレは自動で立ちます。

前スレ：http:// ＊＊＊＊＊＊＊＊＊＊＊

107. 駆け抜ける冒険者

クエストこなすと覚えれるアーツがあるらしいけど、それどんな感じ？

なんかモーションアシストがキツいやつが多いそうだけど

108. 駆け抜ける冒険者

>>107
たしかに上級者向きの技が多いかもだな～

発動した瞬間に身体がすんごい動きをするから、戸惑って手足をバタつかせるとモーションと競合してずっこけるぞwww

109. 駆け抜ける冒険者

>>108

慣れてないと自滅することもあるよなー。

たとえば壁際でうっかり突進突きのアーツ『紫電一閃』を使うと壁に激突しちゃったりなwww

130. 駆け抜ける冒険者
>>109
逆に、慣れればモーションアシストを上手く戦闘に組み込めるようになるんだけどな。

ジャンプする瞬間に『紫電一閃』を使えば斜め上に大きく身体が跳ねて、空中の相手を貫けるようになったり

151. 駆け抜ける冒険者
>>130
色々と独自の使い方を考えてみるのも面白いよな！

ちなみにお前ら、どこの師匠ＮＰＣに弟子入りした？

噂だと技を教えてくれるＮＰＣはブレスキ世界に何百人と散らばってるらしいけど

173. 駆け抜ける冒険者
>>151
師匠ＮＰＣ、みんな生き物とかの仮面を付けたりしてるのが特徴なんだよなー
俺は特殊アーツ収集マニアだから色んなところに弟子入りしてるよ。
ひとまずゴリ師範とレオ戦士長、アゲハ座長に吸血令嬢の

力量認定クエストを上級までこなしたぜ

176. 駆け抜ける冒険者

>>173
すっげ、めちゃ頑張ったじゃん!?

自分は天狗仙人ってとこに弟子入りしたけどダルかったよ……。

技を教えてくれるための力量認定テストって、大抵『○○のアイテムを取ってこい』ってやつだろ？

んで俺のキャラって筋力値低いから、アイテム取ってきても仙人がいる崖の上まで往復何十分もかかってさあ……

179. 駆け抜ける冒険者

>>176
わかるwwwwあの人なぜかめちゃくちゃなとこに住んでるよなwww
しかも要求されるアイテムはランダムだから事前に持ってくのもムズいしな～。
ちなみに、天狗仙人の上級クエって受けれた？
俺中級のクエをクリアした時点で『おぬしはここにいるべきではない、出てけ』って追い出されたんだけど

180. 駆け抜ける冒険者

>>179
ワイも同じだったわ。

天魔流の技って強いから、上級をクリアして大技を教えてもらうの楽しみだったのになぁ。

なんか条件ってあるのかな？

240. 駆け抜ける冒険者

>>180
悪属性の吸血令嬢様なんかは褒めまくって好感度アゲアゲにしないと弟子入りさえ出来ないし、やっぱもっとイイ子ちゃんぶって気に入られないとダメだったんじゃね？

全ては強くなるためだ、作り笑いで媚びてけ媚びてけ

245. 駆け抜ける冒険者

>>240
そういう条件ならユーリちゃんとか一生上級にたどり着けなさそうだな www
あの子、他人には絶対に屈しないタイプだしw

第四十七話 成金解決オラァァああああああ！ ユーリちゃん!!!

「さぁてクソ弟子よ、ワシとて霞《かすみ》を食って生活しているわけではないからのぉ〜。誠意を見せてくれるなら、それ相応の技を伝授してやるが？」

などと言いながら揉《も》み手《で》をするヘイト天狗。仮面の奥の目が欲にくらんでいます。

――はいどうも、ヘイト天狗こと天狗仙人の弟子になったユーリくんです！

えー仙人といったら清廉な求道者のことを指すと思うんですが、この爺《じい》さんはいきなり謝礼の話をし始めましたね！　生臭坊主ってやつですね！！！

「まぁいいぜ。教祖殺して街奪い取ったから金なら腐るほどあるしな」

「えっ、なにその金めっちゃ受け取りづらいんじゃけど!?　呪われない!?」

「いまんところ大丈夫だから大丈夫だろ。仮に大丈夫じゃなかったとしてもその時にはもう俺の金じゃないから俺は大丈夫だぜ！」

「死ね！」

「ところで爺さん、あんま露骨に金の話をするのは仙道的にアウトだと思うぜ？」

「人道的にアウトな貴様に言われたくないわ……！」

〝やっぱコイツ追い出すべきか〟と呟《つぶや》く天狗仙人。解せぬ。

ま、こちとら意地でも強くなって帰ってやるつもりなんだけどな。

それまでは嫌でも居座らせてもらうぜ。

「……悪いが俺には、勝ちたいヤツがいるんだよ。そしてそんな俺のことを『最強であれ』と願ってくれている連中がいる」

妹分のシル子にグリムに、ザンソードを始めとしたトップ勢。さらに俺に憧れてくれている多くのブレスキプレイヤーたち。

そいつらの期待に応えるためにも、タダで帰るわけにはいかない。

絶対に強くなってペンドラゴンをぶっ殺してやる。そして運営をギャフンと言わせてやるんだ。

「だから頼むぜ、天狗師匠。お礼だったらなんだってする。どうか俺を、強くしてくれ」

「……ふん。カルマ値はクソを通り越して地獄じゃが、その闘志だけは認めてやろう。――では、貴様の実力を測る意味もかねて、いくつかのモンスターの素材を持ってきてもらおうかの?」

天狗師匠がそう言うや、俺の目の前にメッセージウィンドウが表示される。

そこにはこう記されていた。

・これより、師匠NPCへの納品クエストを開始します！
求められたアイテムを納めることで、そのアイテムの入手難易度に応じたオリジナルアーツを習うことができます！
※ただし極一部のＮＰＣは、条件を満たさなければ最上位アーツを教えてはくれません。

なるほどな、要求されたアイテムを渡せと。

それなら速攻で済ませてやるぜ。

「アイテムボックスオープンっと。さぁ師匠、お求めの品を言ってくれ」

「むっ、事前にいくつかアイテムを持ってきたのか？　ワシの気分で決めるのに無駄なことを……。

では弟子よ、『殺人イモムシの糸』を渡せ。さすれば初級天魔流弓術『暴風撃』を――」

「ほい、『殺人イモムシの糸』っと」

「むむ……っ!?」

アイテムボックスからネチャアとした糸を取り出す。

説明によると微酸性らしい。危ねえなオイ。

「フンッ、ヤマ勘が当たりおったか。じゃがそんな偶然が何度もあると思うなよ!?」

「はいはいっと。んじゃいちいち技を教わってから次のアイテムを渡すのも面倒だから、全部の技分一気に要求してくれよ」

「なにぃ!?　……では『大熊猫の爪』と『炎雷蝶《えんらいちょう》の鱗粉《りんぷん》』と『懐古鳥の大羽』と……」

「ほいほいほいっと」

「はぁ!?　ででっ、では『世界樹の朝露』と『白鯨の鋼髭《こうし》』と『獅子《しし》神獣の顎』とッ！」

「ほいほいほいほいほいっと」

「はあァあああ！！?」

ドッチャリと積まれたアイテムを前に、素っ頓狂な声を上げる天狗《てんぐ》師匠。

元気な爺さんだぜ。

「どっ、どうなっとるんじゃ貴様!?　なぜ、ワシの要求したアイテムが全て手元に……！」

「ああ、俺は生産職でもあるからな。その最上位スキル【万物の王】の力で、ギルドの倉庫からアイテムを呼び寄せられるんだよ」

前回のギルドイベントで獲得したスキルだな。

俺のギルドハウスが街クラスの大きさなことを考えれば、実質アイテムボックスの容量が無制限になったに等しい。

「んで、アイテムのほうも最上位強奪スキル【冒瀆《ぼうとく》の略奪者】でプレイヤーから奪いまくってありまくりってわけだ。さぁ師匠、次は何をお求めで？」

「ツッツ!?　も、もうえぇわクソ弟子がっ！　中級までの天魔流アーツを全部教えたらぁーッ！」

ヤケクソ気味に叫ぶ天狗師匠。弓を手に取り、「ついてこいっ！」と庭に飛び出していく。

よーしやったぜ！　新技獲得祭りの開始じゃーっ！

◆◇◆

――NPCからのアーツの伝授。それは至ってシンプルなものだ。

目の前でアーツ発動を見せられることで、こちらも一発で使用可能になるらしい。

まっ、そこらへんはゲームだよなぁ。命懸けの修行をしないと技が覚えれないなんてクソゲーがあるか。

だがしかし、だ。

「さぁ、こいよ師匠！」

「おうよッ、そこまで言うならやってやるわい！」

俺に向かって弓矢を構える天狗師匠。鏃《やじり》の先に魔力の光が宿り始める。

――そう、俺はこの爺さんに一つの要望を出していた。

テキトーな場所に技を放つんじゃなく、俺に対してブチ込んでくれってな。

「バッチコイだ！　技の性質を理解するには、受け手に回るのが一番だからなっ！」

「……確かに、受け手としての視点は大事じゃな。身を以《もっ》て技の脅威を知ってこそ、使いどころがわかるというもの。

フンッ、極悪人の異常者なだけあって戦いの道理がわかっておるわ。ここに来る者たちは誰もが善良な一般人だというのに……」

呆《あき》れ気味に溜《た》め息《いき》を吐《つ》く天狗師匠。って誰が極悪人の異常者じゃオラ。

……まぁ俺、このゲーム始めてからほぼバトルしかしてないからな。

パーティも組まずクエストも受けず、世界観やらストーリーも知らずに暴れまわってきたのがこの俺だ。クラフト系の作業だって爆殺武器しか作ってないしな。

だけどしょうがないだろ。

「全力で戦うのは楽しいからなぁ。大技をぶっ放してたくさんの敵をぶっ殺すのも気持ちいいし、逆に追い詰められるのも大好きだぜ？　機転と気合いでピンチを切り抜け、〝負けるかオラァッ！〟って相手をブン殴ったときの快感は、本当に堪《たま》らないもんだ。

……だからそのためにも、アンタの技術を全部もらうぜッ！」

「ハッ、やはり極悪人の異常者ではないか！　いいじゃろうッ、ならば死ぬほど食らうがいいわァーーーッ！」

叫びと共に天狗師匠はアーツをぶっ放した！

風を纏《まと》った天魔流弓術『暴風撃』が俺へと迫る――！

「生半可な一撃なら撃ち落としてやるぜッ！　行くぞポン太郎！」

『キシャーッ！』

使い魔の宿った矢を構え、『暴風撃』を迎え撃つ！

しかしッ、

「無駄じゃァ！」

『キシャシャーッ!?』

鏃同士がぶつかり合った瞬間、ポン太郎の宿ったほうの矢がぶっ飛ばされてしまった！

そのまま天狗師匠の矢は俺の胸に突き刺さり、地面を何度も転がされる……！

「ぐぅっ……食いしばりスキル【執念】で生存っと……！

なるほどな、これが『暴風撃』か。周囲に展開された風により、他の攻撃の影響を受けにくいんだな」

使い魔であるポン太郎の宿った矢は強力だ。

自律行動により命中率を補強してくれるのはもちろん、ポン太郎自身の筋力値が矢の威力に加算されているからな。

それを苦も無く弾《はじ》けるとか強いじゃねえか。

「うし次だッ、どんどん打ち込んでくれよ師匠ッ！」

「フンッ、言われずともこのままブチ殺してくれるわッ！　天魔流弓術『迅雷撃』！　『崩山撃』！　『爆炎撃』！」

——そして蹂躙《じゅうりん》は始まった。

情け容赦なく炸裂《さくれつ》する三つのアーツ。

反応すら出来ない速さの雷の矢が、展開した盾を砕く剛撃の矢が、当たった瞬間に爆《は》ぜる危険すぎる矢が俺の身体《からだ》を次々と貫いた——！

「ぐはぁッ!?」

「まだじゃァ！　天魔流弓術『閃光撃《せんこうげき》』ッ、『陰殺撃』ッ、『流星撃』ッ！」

さらに放たれる強力アーツの数々。

発射の瞬間に溢《あふ》れ出した光に目を焼かれ、次の瞬間には俺の影から矢が飛び出して貫かれる。

そして苦しんでいる隙に天に放たれた矢が分裂し、俺に向かって降り注いだ！

「ぐぅうウッッ!?」

「これでトドメじゃぁッ！　天魔流弓術『蛇咬撃《じゃこうげき》』！」

マジで容赦なく攻撃してくる天狗師匠。

放たれた矢から大蛇のような魔力光が溢れ出し、俺にがぶりと噛《か》み付いてきた！

さらにそれだけではない。大蛇のオーラは天狗師匠の弓と直結しており、師匠が「縮めッ！」と叫ぶや、大蛇の顎《あぎと》ごと俺の身体は引き寄せられていき——ッ、

「受けるがよい、天魔流弓術『牛王一閃撃《いっせんげき》』ッ！」

そして炸裂する近接弓術！

なんと今度は手にした弓から巨大なバイソンのオーラが現れ、おもっくそ頭突きをかましてきやがったのだッ！

それによって俺は吹き飛ばされ、地面を再び転がされる……！

「ハッ……ハハハハハハッ！　こりゃあいいなぁ！　トリッキーな技までバッチリ完備されてるじゃねぇかッ！　特に弓自体で殴れるようになる技は気に入ったぜ！」

おかげで全身ズタボロだ。矢は刺さりまくりだし穴は空きまくりだし、リアルなら確実に死んでいる有様だ。

スクショ取ってグリムあたりに送ったら可愛《かわい》い悲鳴を上げそうだな。

――そんなことを考える俺に、天狗師匠は忌々しそうな視線を向けてきた。

「やはり異常者か……。そんなボロボロの状態で笑いおって、それほどまでに技を覚えることが嬉《うれ》しいか？」

「そりゃもちろん。だけど、それだけじゃないぜ？」

「むっ？」

小さく首を捻《ひね》る天狗師匠。

なんだ、本気で気付いてないのかよ。

「技が使えるようになったことだけじゃなく、アンタがしっかりと教えてくれているのが嬉しいんだよ。

『閃光撃』と『陰殺撃』と『流星撃』のハメ殺しコンボは見事だったし、『蛇咬撃』で引き寄せてから近接技の『牛王一閃撃』に持ち込む使い方はホントに参考になった」

そう。そのどちらもが、本気でこちらを打ちのめしに来てくれなければ拝めないコンボだった。

もしも師匠が少しでも手を抜いて技を単発で放ってきてたら、あの連撃アーツを自力で思いつくまで時間をかけることになっただろう。

「ありがとうな、天狗師匠。本気で俺の敵になってくれて。アンタの情け容赦のなさが、俺はめちゃくちゃ嬉しいぜっ！」

血を噴きながら起き上がり、師匠の爺《じい》さんに笑いかける。

すると天狗師匠は、俺のほうを見ながらなぜか狼狽《ろうばい》し始めた。

ってどうしたんだよ天狗師匠？　おーい？

「う……うれ、嬉しい……？　ワシの、容赦のなさが……暴力性が……嬉しい……？」

「あんっ、暴力性？　いやまぁたしかに崖のぼりの途中で矢をぶち込んでくるヤベー爺さんではあるがよ」

なにやら天狗師匠の様子がおかしい。

仮面を被《かぶ》った顔を手で押さえ、プルプルと震え始めた。

――そして。

・条件達成！
『天狗仙人からの好感度が最悪であること』

『敵対状態で師弟関係を結ぶこと』

『友好度最悪の状態で天魔流アーツを中級まで全て習うこと』

『カルマ値の下がる特定の言動：〝暴力性の容認〟を目の前で行うこと』

『関係性の修繕を一切行わず、最後まで敵でいること』

全隠し条件――コンプリート。

これより、【天魔流上級アーツ習得イベント】を開始します！


「ってなんだそりゃ!?　普通そういうのって、好感度が高いと発生するもんじゃないのかよ!?」

目の前に表示されたメッセージに驚いてしまう。

まったく意識してなかったが、隠しイベントを発生させるまでの条件を全てぶっこ抜いてしまったらしい。

「暴力性の容認と、敵でいることが条件か。となると……イベントの内容はだいたい予想がつくな」

というか、もはや語るまでもないって感じだ。

——なぜならこれまで頑固《がんこ》爺《じじい》然としていた天狗《てんぐ》仙人から、高揚と狂喜の気配が漂い始めたのだから。

「あぁ……もう駄目じゃ……もう、我慢できんッ……！」

天狗の仮面の奥底より、ドロリとした声が溢れ出した——！

第四十八話　天魔流奥義、解放！

「フハハ……逃げるのならば今の内じゃぞぉ……？」

突如として雰囲気を変えた天狗仙人。

俺に逃亡を勧めておきながら、その声色は殺意と喜悦に満ち溢れていた。

「ずいぶんと大胆なキャラチェンジじゃねーか。いいのかよ、仙人がそんなザマになっちまって」

「ハッ……こんなザマだからこそ、ワシは和尚《おしょう》に外れる事なき天狗の面を被せられたんじゃよ……！」

「なに？」

首を捻る俺に、天狗仙人は語り出す。

最初に自身を、「ワシはどうしようもない乱暴者じゃった」と言い放って（俺とは違うな）。

「ワシとて最初は、どこにでもいるような修行僧じゃった。清貧に努め、欲を抑え、悟りを開くべく師の下で日々精進しておった。

じゃがのぉ……精神を鍛え上げるために、弓道を学んだのが全ての間違いじゃった……」

そう言って天狗仙人は、自身の手にした古い弓矢を見た。

「ぶっちゃけるとじゃなぁ――楽しくなってしまったんじゃよッ！　静かなる心を持つことこそが目標だったというのに、的を射抜く快感に目覚めてしまった！　あぁそれからはもう駄目じゃッ。次第に動く的を求めるようになっていき、気付けば世を正すという名目でッ、山賊の集団をブチ殺して回るようになってしまった！」

「なるほどなぁ……」

快楽目的で暴れまわる修行僧か。そりゃあたしかに色々とアウトだよなぁ。

「――その結果、ごく当たり前に破門されたわい。尊敬していた和尚から〝極悪人の異常者め〟と蔑まれ、我欲に溺れた者の象徴たる天狗の面を被せられてなぁ。

……そこで流石《さすが》に我が身を恥じて……この崖の上で静かに天寿を全うしようと思ってたんじゃがのォ……！」

ギラリと、面の奥より暴力性に満ちた眼光が俺を射抜いてきた。

それと同時に、目の前にメッセージが表示される。

・警告！　天狗仙人の人格属性が、『善』より『極悪』へと変貌しました！
解放された【天魔流上級アーツ習得イベント】は戦闘を含むイベントです。

死亡した場合、次のイベント解放者が挑むまで再挑戦できません。

現在の解放者：1名。

わぁお、本性晒《さら》して悪堕《あくお》ちしやがった。

別のプレイヤーが挑まないと再挑戦できないのは、クリアするまでひたすらブチ当たるっていうゾンビアタックを防ぐためか。

でも解放者は今のところ俺だけみたいだから、ここでクリアできなきゃ次はいつの機会になるか分かったもんじゃないな。

「クソ弟子よォ……貴様のせいで台無しじゃ。よくも、ワシが必死に抑え続けてきた醜い悪性を解き放ってくれたのぉ……！」

弓矢を構える天狗仙人。いよいよバトルの始まりらしい。

――だがその前に、一言言ってやろうか。

「俺はさ、アンタが悪い奴《やつ》だなんて思ってないぜ？」

「……はっ？」

ふと、師匠から放たれていた殺意がわずかに揺らいだ。

俺は構わず言葉を続ける。

「だってアンタさ。暴力性に溺れたとか言ってるけど、悪人しか殺してこなかったんだろう？　賊をぶっ殺して回ったとか、それ普通にいいことじゃねーか」

「なッ……!? いや、それは……だが……」

「だがじゃないだろ。ごくごく普通に善行だろ。どんな思いを秘めていたにしろ、大事なのは結果だろうが」

「っ……!?」


そう。システムはこの人を【極悪】と断じたが、俺はそんなこと思っていない。

出会い頭に殺しに来たことだって、事故みたいなものだ。

あぁそうだよ——全ては運営のアホどもが悪いんだよ！

アイツらが善人であるユーリくんのカルマ値をゴリゴリ削ったせいで、師匠は俺は悪人だと勘違いしちまっただけなんだよ！

でもしっかり殴り返したし、もう師匠には恨みはないさ。男と男の諍《いさか》いの清算なんて、それくらいで十分だ。

「というわけで、正義の味方同士バトルしようぜっ！」

「って待て待てッ、何が『というわけで』だっ!? 貴様はもちろんワシが正義なわけがあるかッ！ だ、だってワシは、慕っていた師に、極悪人だと破門されて……ッ！」

「それは師のほうが間違ってただけだろ。——たとえ快楽目的だろうが、アンタは悪を打ち倒し、たくさんの人を助けたんだ。そんなアンタを罵るヤツは、この俺が許さねえよ」

「ッッ……!?」

天狗師匠の肩が大きく揺れる。

構えられていた矢の先が、わずかに下のほうを向いた。

「ってどうしたんだよ師匠。闘《や》り合うんだから気合い入れろよな？」

「う、うるさいわクソ弟子がッ！　まったく……おぬしは本当にどうしようもないヤツじゃな。まさかワシの醜い過去を、全て受け入れてしまうなど……っ」

言葉と共に高まっていく師匠の闘気。

それは殺意という領域を超え、凄絶な覇気へと変貌していく。

――〝総《すべ》てを懸けてお前を倒したい〟。

そんな想《おも》いが、言葉にせずとも俺の心へと響いてきた――！

「いいぜ、師匠。限界まで滾《たぎ》ったアンタの欲望を、どうか俺へとぶつけてくれッ！」

「あぁ、いくぞユーリよッ！　ワシの全部を晒してくれるわァアーーーーーッ！」

かくして始まる最初で最後の師弟対決。

――次の瞬間、俺は眼前の光景に目を疑うことになる。

師匠の矢から噴き出す魔力がどこまでもどこまでも沸き立ち続け、やがて『暴龍』の姿を取って咆哮《ほうこう》を上げたのだから――！

「食らうがいいッ、上級天魔流アーツ『暴龍撃』！」

「うひぃっ!?」

天狗仙人の放った矢は巨大な龍のオーラを纏《まと》い、俺に向かって襲い掛かってきたのだ！

ってそんなのもう弓術じゃねえだろーーー!?

「ッ、【武装結界】発動！　現れろ、七枚の盾よッ！」

咄嗟《とっさ》に十八番《おはこ》のスキルを使い、暴龍の前に盾を展開する！

しかし龍のオーラが盾の群れへと当たった瞬間、その全てが吹き飛ばされたッ！

「ってマジかよ!?」

風圧により干渉物を薙《な》ぎ払う一矢――つまりは初級の天魔流弓術『暴風撃』の強化版ってことか！

天駆ける龍はそのまま俺へとブチ当たり、堪《たま》らず崖からぶっ飛ばされてしまう！

「うぉおっ!?」

そのまま地面にダイブ開始だ。

何百メートルもの距離をものすごい速さで落ちていく……！

――そんな俺に対し、天狗師匠は一切容赦しなかった。

「こんなものでは済まさんぞユーリよッ！　バトルを楽しむ貴様の笑顔を見るたびにッ、ワシの中の暴力欲はもう煮えたぎって限界じゃった！　ワシだってずっと、貴様のようにバトルを楽しみたかったんじゃァ！」

限界まで弦を引き絞る天狗師匠。

かくしてその矢が放たれた瞬間、今度は巨大な火の鳥となって襲いかかってきた！

「喰《く》らえぃッ、上級天魔流アーツ『鳳凰撃《ほうおうげき》』！」

って炎攻撃はガチでマズいッ!?

食いしばりスキル【執念】のおかげで死ににくい俺だが、継続的にダメージが発生する延焼状態になるとマジで駄目だ！

だが空中では身動きが取れないし……いや！

「使わせてもらうぜッ！　天魔流弓術『蛇咬撃《じゃこうげき》』！」

俺は矢を岩壁に向かってぶっ放した！

その瞬間、放たれた矢は蛇のオーラを纏って岩肌の出っ張りに嚙《か》み付いてくれる。

「ナイスだヘビ太郎っ、そのまま縮め！」

『シャーッ！』

俺の命令に素直に応えるヘビ太郎（今命名）。

弓とオーラで繫《つな》がった状態で縮むことで、俺の身体《からだ》も岩壁にビッタリと引き寄せられた。

その数瞬後、背中に当たるギリギリのところを巨大な鳳凰が駆け抜けていった。こえぇ。

「はぁ、アーツのおかげでギリ助かったぜ。にしても使えるなぁ『蛇咬撃』」

どこにでも嚙み付いてくれるし、ゴムのように伸び縮みする性質のおかげで今のような緊急回避にも使える。

「……ぶっちゃけ今の状況は最悪だ。こっちは崖にへばり付いた状態で、向こうは上から撃ちたい放題とかクソゲーだぜ。

だが、新たに習った天魔流の技たちさえあれば……！」

逆転の手は全て揃《そろ》った。このまま一気に片をつけてやる――！

「よぉー師匠！　技を覚えるためにもこれまで散々ボコられてやったが、サービスタイムは終了だッ！　こっからは俺がヒィヒィ言わせてやるから、覚悟しろよッ！」

「フハハッ、やれるものならやってみるがよいわァーッ！」

俺の言葉に天狗《てんぐ》師匠は楽しそうに笑った。

仮面で顔こそ見えないが、まるで無邪気な子供のようだ。それほどまでに矢を人間にぶっ放すのが楽しいのだろう。まったく可愛《かわい》い爺《じい》さんだぜ。

「いくぞユーリよッ、上級天魔流アーツ『邪魂魍魎《もうりょう》撃《げき》』ッ！」

かくして次なる奥義が炸裂《さくれつ》する。

今度は矢が無数に分裂し、悪霊の群れとなって降り注いできたのだ――！

「って今度は弾幕での制圧かよッ!?」

そういう手数押しもキツいんだよなぁ。

食いしばりスキルで耐える俺にとっては、デカい一発より細かい百発のほうが驚異だ。

……さてはあの爺さん、初期装備なのに全然死なない俺のカラクリにほぼ気付いてやがるな？

「まぁいいさ、そんな技があることくらいは読めてたぜ！」

最上級アーツ『暴龍撃』は『暴風撃』の進化版で、『鳳凰撃』はおそらく『爆炎撃』の超火力バージョンだ。ならば矢を分裂させるアーツ『流星撃』の発展型もあるかもしれないと予想は出来てた。

ゆえに、勝利プランに変更なしだ。

「いくぜッ、【武装結界】発動！」

襲い来る百鬼夜行に対し、虚空より七枚の剣を展開させる。

からのッ、

「飛び道具を散らすにはこれだろ!?　天魔流弓術『暴風撃』！」

次の瞬間、七本の剣が強風を放ちながら魍魎の群れへと突撃していった！

そしてぶっ飛ばされる魑魅魍魎《ちみもうりょう》ども。

上級だろうと所詮は手数で押す技だ。一発一発の威力は初級技の『暴風撃』より小さく、七本の剣は天狗師匠目掛けて突き進んでいく！

「ッ、剣に『暴風撃』を纏わせて放ってきたじゃと!?　これもう弓術かァ!?」

崖っぷちから咄嗟に後退する天狗師匠。

それにより、七本の剣は当たることなく真上に飛んでいってしまうが――、

「弓術だぜ。一応、弓を装備してなきゃ使えないからな」

「なにッ!?」

天狗師匠の言葉に真上から答えてやる！

――そう。俺は『暴風撃』の発動と同時に矢を放ち、『蛇咬撃』を使って最後尾の剣の

柄《つか》に喰らいついていたのだ。

風が発生するポイントは鏃《やじり》。つまり刀身部分であるため、真後ろからなら干渉もできる。

「飛翔《ひしょう》する剣を推進力にした疑似飛行法パート2だ！　これなら服も破れないぜッ！」

「って貴様は気軽に空を飛ぶな！　くっ、今すぐに撃ち落としてっ――」

新たに矢を取り、弓を上に向けんとする天狗師匠。

……だがもう遅い。そこから弦を引かなければ攻撃さえ出来ない鈍重さが、弓矢最大の弱点なんだからな。

師匠が矢を構えた時には、俺は彼に向かって飛び降りていた。

「なぁッ!?」

「というわけで師匠ッ、デカいの一発食らっとけやァァあああああ！」

叫びと共に、弓を持つ手をグッと真後ろに引き絞り――ッ！

「天魔流近接弓術『牛王一閃撃《いっせんげき》』！」

「ぐがァァあああああーーーッ!?」

巨大な牛のオーラを顕《あらわ》し、師匠に叩《たた》きつけたのだった――！

・次回、卒業式――！　（※師事した時間20分）

第四十九話　涙の卒業式！（師事時間20分）＆もう一つの師弟コンビ

・イベントクリア！　『天狗仙人』に一定以上のダメージを与えました！
隠しイベント限定アーツ・上級天魔流弓術が使用可能になりました！


「うぅ……なんという威力の一撃じゃあ……！」

ぐったりと横たわる天狗師匠。

俺の『牛王一閃撃』を受け、見事にぶっ飛ばされたのだった。

「くっ……あの技の威力は、弓自体の性能に依存する。だというのに、そんなボロボロの初心者が持つような弓で……！」

「悪いな師匠。俺のボロ弓には憑依《ひょうい》モンスターのシャドウ・ウェポンが宿っていてな」

おかげでその筋力値が武器の威力に加算されているってわけだ。

ま、元々は武器にシャドウ・ウェポンの持つ【浮遊】の特性を宿すためだったんだけどな。

弓を手に取らずとも【武装結界】を発動できるようにと思ってのことだったんだが、近接弓術『牛王一閃撃』という弓自体で殴るアーツを獲得したことで、憑依武器としての特性が輝きまくることになったわけだ。

「さらに初期装備の威力や相手へのダメージが上がるスキルを盛り放題だからな。爺さんの一人くらいぶっ飛ばすのはわけないぜ」

「っ、年寄り扱いするでないわァ！　くそっ……もうどこにでも行くがよい。こうして完敗した以上、ワシに師匠と名乗る資格はない……」

「ああ、そうだな」

俺は天狗仙人に近づくと、その手を取って無理やり引っ張り起こした。

「ぬぁっ!?」

「俺とアンタはもう師弟じゃない。――こっからは、互いに競い合うライバルだぜ！」

「っ……!?」

肩を震わせる新たなライバル。

歳《とし》が離れすぎてるだとかそもそもNPCだとか、そんなことは関係ないさ。

全力でやり合ったんならコイツも俺のダチ公だ！　（※同じく年配でNPCの教皇ともやり合ったが、アイツはきもくて嫌いだから別）

「改めてよろしくな、天狗仙人」

「ぬっ、フッ、フンッ！」

俺が微笑《ほほえ》みかけると、天狗仙人は気恥ずかしいのかプイッと横を向いてしまった。

だが次の瞬間、俺の目の前にメッセージウィンドウが現れ……、

・師匠NPC『天狗仙人』の好感度が最大値になりました！
獲得数限定絆《きずな》素材『天魔の宝珠』を手に入れました！
※絆素材は、主に師匠NPCの好感度を最大まで上げることで手に入れることができるものです。
一人のプレイヤーにつき一つのみ獲得でき、武器・防具の作成や強化に使用することで、その師匠から習ったアーツの消費MPを軽減させる効果などがあります。


「ほほーう、絆素材とな？」

どこからともなく綺麗《きれい》な宝珠が舞い降りてくる。

俺がそれを手に取ると、天狗仙人は「なっ、なっ!?」と目に見えて狼狽《ろうばい》し始めるのだった。

「ってなんだよ爺さん。アンタ、俺のことそんなに好きだったのか？」

「うッ、うるさいわボケェッ！　そんなの何かの間違いじゃぁあああーーーーーーーーーッ！」

叫びながら家にドタドタと駆け込んでしまう天狗仙人。

本当に元気な爺さんだ。俺は次に会う時を楽しみにしながら、さらなる強さを求めて去っていくのだった。

◆　◇　◆

「……まさか、カルマ値最低で殺し合う関係にならなきゃ起こらない天狗仙人の隠しイベントを解放するとは……！」

「チッ、好かれることでイベント発生ばっかじゃワンパターンかと思って設定したのがアダになったな……！」

「くそぉ！　一般的なプレイヤーと違って、たとえ演技だろうが媚《こ》びるような真似《まね》はしなさそうだもんなぁユーリちゃんッ！」

――今日も今日とて、運営の者たちは開発室にてぼやいていた。

話題はもちろん稀代《きたい》の問題児プレイヤー・ユーリについてである。

どんなにアップデートで修正を食らおうがトップであり続ける彼女に対し、もはや運営の者たちはライバル心さえ抱きつつあった。

「はぁ……やっぱりこの前の三連戦だよ。あそこで勝ててたら、ユーリも少しはしょぼくれたかもしれないのになぁ……」

「あぁ、ペンドラゴンさんでさえ仕留めきれなかったとはなぁ」

そうして彼らが、ユーリを限界まで追い詰めた夜のことを振り返っていた――その時。

『――それは悪かったね。まさか私も、ああも食い下がられるとは思わなかったよ』

天より響く女の声。

その瞬間、運営の者たちは姿勢を正して立ち上がった。

「そっ、その声は竜胆《りんどう》先輩!? い、一体どこから!?」

『はっはっは。キミたちを驚かせようと思って新しい技術を開発してね。指定の空間座標と通信できるようにしたんだよ。たとえ現地に電話どころか電線さえなかろうが会話できるから、まぁ色々と役に立つかもね？』

「ってサラっとノーベル賞モノの技術を開発しないでくださいよッ!?」

とんでもないことを言う竜胆に、運営の者たちは揃《そろ》ってドン引きしてしまう。

――だがしかし、正した姿勢は軍人のごとく崩さない。

天才にして人格破綻者な彼らなのだが、それほどまでに竜胆という女を……自分たちに電子技術を叩き込んでくれた『師』を崇《あが》めていた。

「はぁ～。本当にビックリしましたよぉ先輩。――いえ、それとも『暁の女神ペンドラゴン』って呼びましょうか？」

その言葉に、竜胆は『いい歳した女をゲーム名で呼ぶな』と苦笑して返す。

そう。彼女こそＶＲ技術界の大先駆者にして、初代ＶＲＭＭＯ作品『ダークネスソウル・オンライン』のトッププレイヤーその人であった。

ゆえに、ユーリに対してスキルやアーツも使わずに圧倒できたのもある意味当然だろう。

彼女こそ、電脳世界に朝焼けを齎《もたら》した創世の女神であるのだから。

『ククッ……それにしても、あの夜は久々に熱くなってしまったよ。三人がかりで襲ってくれと言われた時は、キミたちクズだなーと思ったんだけどね』

「クズッ!?　い、いや、ユーリと一緒にログイン時間最多のザンソードもいたし、襲撃イベント初日の夜はトップ勢から集中的に狙うことに決めてたんすから、別に私怨とか全くないっすよ!?　公平な判断っす！　クズじゃないっす！」

『はいはい。まぁアレだね、キミたちもユーリくんにはメラメラさせられてるってことだね？』

「ハッ、ハァーーーッ!?　さっきから何言ってんすかッ、オレたちいつでもクールっすから！　あんなヤツ、ただの悩みの種っすよ！」

『ハハッ、そうかいそうかい』

ギャーギャーと叫ぶ運営の者たち。

まるで好きな人を当てられた中学生のごとき狼狽ぶりに、竜胆は内心〝これのどこがクールなんだか〟と突っ込むのだった。

『まっ、ああいうプレイヤーは大事にしたまえよ。あの手の子は、周囲のプレイヤーたちだけでなく運営も成長させるものだからね』

「はぁ～マジで何言ってんすか？　オレたち困らされ放題で、成長どころか生え際が退化してきたんスけどー!?」

『いや、生え際は知らないけど……フフ、そうかそうか自覚なしか。それも面白いかもしれないね』

天才にしてアホな後輩たちの様子にクツクツと笑う竜胆。

ユーリとの見えない激闘を繰り広げながら成長していく彼らを、まるで珍獣でも見るような気分で楽しむことに決めたのだった。

『さてさて。実は私は「ブレイドスキル・オンライン」という世界自体にかなりの魅力を感じていてね。

どっかの運営クンたちが細かいところを管理ＡＩに丸投げして自動作成させた世界観はシンプルながら面白いと思っているよ。ま、どっかの運営クンたちが連発してバトルイベントを開いたせいですっかりＰｖＰゲームの風潮になってしまって、冒険や謎解きをメインにしたプレイヤーは少数なんだけどね』
「な、なんかそう言われるとオレたちアホみたいなんすけど……それで？」
『ああ。プレイヤーたちにもっと世界を知ってもらうためにも――そして何よりユーリくんとの再戦を派手にするためにも、色々と動こうかと思っていてね。
まぁあくまでも一人のプレイヤーとして少し暴れるだけだから、どうか安心してくれたまえ』
「え～……？　ま、まぁユーリをギャフンと言わせられるならいいっすけどぉ……」
虚空より笑い声を響かせる竜胆と、どことなく不安を覚える運営チーム。
こうしてユーリが師より新たな力を受け取る中、変人師弟は人知れぬ密会を行うのだった。

竜胆「まぁ、私も昔は運営としてやんちゃだったけどね」
運営「はえ～？」
※ちなみに若い頃の竜胆さんが運営していた『ダークネスソウル・オンライン』は、ブレスキの５００倍治安の悪いゲームでした。

第五十話　オラッ！　オラッ！　オラッッ！　ユーリちゃん!!!!!!

「ログインオラァァあああああ！！！」

　襲撃イベントが始まってから三日目ぇ！　『初心者の街』に俺参上だぜ！

　平和主義者なユーリくんはみんなの平和を守るために刺客プレイヤーどもを皆殺しにするため、今日もアーツ修行に励もうと思います！！！　（人間の鑑《かがみ》！）

「くっくっく……他のプレイヤーと違って、俺は弓以外にも刀剣と大剣と槍《やり》と盾が使えるからな。つまりまだまだまだまだ強くなれるってことだ！」

　というわけで、各種オリジナルアーツを教えてくれる師匠系NPCたちのところを渡り歩きまくるってばよ！！！！！！！！！

　よしいくぜッ！

「――フンッ、グラズヘイム王国が戦士長であるこのレオに弟子入りしたいだと？　貴様のようなカルマ値マイナス125万と少しの大悪党がふざけたことを、」

「よし決闘だオラッ食らえッ必殺奥義『滅びの暴走召喚』モンスター百匹オラッ！」

「ひえっ!?」

「はい勝利ッ！　レアアイテム山ほどやるから教えろオラァ！！！」

「ひえっひえっ!?」

・修行完了！
師匠NPC『戦士長レオ』より『獅子《しし》王流大剣術』を上級まで教わりました！


いやーいいバトルしたぜッ！　ライオンの仮面被《かぶ》ったオッサンが剣を巨大化させながら襲いかかってきた時はちょっと焦ったな！

はい次ぃ！


「――むッ、グラズヘイム王国が食客であるこのガロに弟子入りしたいだと？　貴様のようなカルマ値マイナス125万と半分くらいの大悪党がふざけたことを、」

「よし決闘だオラッ食らえッ巨獣召喚『ギガンティック・ドラゴンプラント』オラッ！」

「ひえっ!?」

「はい勝利ッ！　レアアイテム山ほどやるから教えろオラァ！！！」

「ひえっひえっ!?」

・修行完了！

師匠NPC『流浪人ガロ』より『狼王流刀剣術《ろうおうりゅうとうけんじゅつ》』を上級まで教わりました！

いやーいいバトルしたぜッ！　オオカミの仮面被ったオッサンが音速で襲いかかってきた時はちょっと焦ったな！

はい次ぃ！


「――ぬッ、グラズヘイム王国が騎士であるこのライノスに弟子入りしたいだと？　貴様のようなカルマ値マイナス126万近くの大悪党がふざけたことを、」

「よし決闘だオラッ食らえッ【武装結界】爆殺武器オラオラオラッッッ！」

「ひえっ!?」

「はい勝利ッ！　レアアイテム山ほどやるから教えろオラァ！！！」

「ひえっひえっ!?」

・修行完了！
師匠NPC『騎士ライノス』より『犀王流槍術《さいおうりゅうそうじゅつ》』を上級まで教わりました！

いやーいいバトルしたぜッ！　サイの仮面被ったオッサンが何十メートルも槍を伸ばして襲いかかってきた時はちょっと焦ったな！

でも勝ったぜガハハ！　これで三つの武器分のオリジナルアーツをゲットじゃいっ！

「攻略サイトにあった通り、『獅子王流』は破壊力に優れ、『狼王流』は斬撃速度に優れ、『犀王流』は突きをメインとして槍のリーチを最大限に活《い》かした感じの流派らしいな。その三つが全部使えるようになったことで、色んな状況に対応できるようになったわけだ」

しかもさっきの師範たち、どいつもこいつも『初心者の街』にいるってのがいいんだよなー。移動時間が無駄にならなくて済むからさ。

おそらく運営的には『初心者たちが各種師範に弟子入りする→貢ぎ物のアイテムを取ってこないといけない→各地に自然と旅立つことになる』って流れを作りたかったんだろう。

悪いがそのへんは完全に無視させてもらった。

最初の頃は武術系アーツなんて使えなかったし、逆に今はアイテムが溢《あふ》れ放題でちまま取ってくる必要もないからなー。

「よーし次のところに向かうとするか！　といっても、そいつも街の中に住んでるらしいんだがな」

露店で肉まんを買い食いしつつ、人混みに揉《も》まれながら『初心者の街』を歩く。

……にしてもあれだ。この街もさらにごった返したもんだよなぁ。

ちょっと見渡しただけで、シンプルな衣服に木製の初心者武器を身に付けたプレイヤーたちが何百人と目に入った。

「ま、今の俺も初期装備の黒ワンピに初心者の弓を背にくってる状態なんだけどなぁ」

もしかしたら俺も初心者の一人だと思われているのかもな。

まぁともかく、今や『ブレイドスキル・オンライン』は大ヒット作になっていて、新規プレイヤーたちが日々恐ろしい勢いで増えまくっているってわけだ。

そいつらが新たなライバルになる日を思えば……しばらく退屈はしなさそうだな！

——そうして人混みの中を歩くこと数分。

俺はようやく、目的の師匠NPCがいるという古びた道場に辿《たど》り着いた。

「「よしついたっと……って、んん⁉」」

隣にいた誰かと声がハモった……！

俺が咄嗟《とっさ》にそちらを見ると、相手のほうもこちらを見てきて——って。

「あれ、キリカじゃん！」

「んげっ⁉　なんでこんなところにおるねんっ、ユーリはん！」

花魁《おいらん》姿の人斬り女、『修羅道のキリカ』と思わぬところで再会したのだった——！

◆◇◆

──刺客プレイヤーの一人である『修羅道のキリカ』と再会してから数分後。


「待たんかいボケェッ！」

「誰が待つかオラー！」


俺と彼女は『初心者の街』を舞台に、何でもありの鬼ごっこに興じていた。

煉瓦《れんが》の家の屋根の上をピョンピョンと駆け、鬼役であるキリカから逃げていく。

「にしても偶然だったなぁキリカ。まさかお前も、新しく実装されたっていう『特殊行動系アーツ』を習いに来てたとは」

「フンッ、アンタに負けっぱなしは嫌やからなぁ！」

鼻を鳴らしながら飛びかかってくるキリカ。伸ばしてきたその手を寸前で回避し、路地裏に着地して再び走る。

そう──なんで俺たちが鬼ごっこをしているのかというと、全ては『特殊行動系アーツ』を習得するためだ。

近接職のみ習得可能で、ＭＰを消費することですごくジャンプしたり高速でステップを踏んだりと、移動や回避に役立つ小技が使えるようになるらしい（※ザンソードが教えてくれた。アイツなんかすごく優しいな）。

ちなみに俺のジョブである『サモナー』や『クラフトメイカー』は本来ならば近接職と認定はされないのだが、『クラフトメイカー』の進化系である『バトルメイカー』は選んだ武器の種別によって近接職・遠距離職などの判定を受けるらしく、今や剣も使えるようになった俺は習得条件をクリアできましたってわけだ。やったぜ。

「にしても面白い試練だよなぁ。まさか鬼ごっことは」

アイテムをくれてやればいい他の習得試験とは違い、『特殊行動系アーツ』のそれはミニゲームに近い。

師匠NPCのところに習得希望者が50人集まった段階でゲームスタート。

半分が鬼役で半分が逃げ役となり、15分以内に全員が捕まれば鬼の勝利で、1人でも逃げ切れば逃走者グループの勝利って感じだ。

んで、勝った側のプレイヤーたちのみアーツを習得できるってわけだな。

「ちなみに試練の最中はスキルやアーツの使用が不可。さらには全員の敏捷《びんしょう》値が100に固定されるから、距離が縮めづらくて逃走者側のほうがちょっと有利だったりする……はずなんだが……」

「「「待てーッ！」」」

……後ろをちらりと見れば、何人ものプレイヤーたちが俺を追いかけてきていた。

こうなったのも全部キリカのせいだ。

俺以外の逃走者たちはほとんどあの花魁人斬り女に捕まってしまった。

「アイツ、めちゃくちゃアバターの操作が上手《うま》いんだよなぁ。全員おんなじ敏捷値のはずなのに、動きに無駄がなさすぎてさぁ……」

ボヤきながら横合いから飛びかかってきた鬼役プレイヤーをひらりと避《よ》ける。

さらに路地裏においてあったゴミ箱を後ろ脚で蹴り飛ばしてやると、背後の連中が「うわぁっ!?」と叫びながら足を取られてすっころんだ。

その隙に猛ダッシュして距離を稼ぐ。

「ブレスキをやり始めてからずっとバトルしまくってたからなー。俺もそこそこは動けるんだが、やっぱりスキンヘッドやペンドラゴンみたいにはいかないんだよなぁ……」

今後の課題の一つだな。

まぁ基本は弓使いでサモナーな俺が長く近接職をやってきた連中と動きで張り合おうってのはおかしな話だが、必殺スキル【武装結界】の弾数が激減したせいで、今後は近距離戦に持ち込まれることも多いだろう。

そう見越して、剣技なんかを学んだり今回の『特殊行動系アーツ』習得に励んでいるってわけだ。

・アーツ習得試験終了まであと一分です！
残り逃走者：あと一名。

「おっと、いよいよ大詰めか。ていうか俺以外捕まっちまったのかよっ!?」

分刻みで現れるメッセージを見て顔を歪《ゆが》める。

つまり今の俺は、25人から追われてるってわけだ。

……なんか俺、いつもたくさんのプレイヤーに狙われてるよな。

「うーん、このまま逃げ切れればいいんだが……」

そう呟《つぶや》きながら路地裏を曲がる。

だが、その先には――。

「悪いなぁ。通せんぼやでぇ、ユーリはん！」

「げっ、キリカ……!?」

コイツ、先回りしてやがった……！

流石《さすが》は殺伐すぎて過疎ったゲーム『戦国六道オンライン』からの刺客だぜ。行動がいやらしいなオイ。

「……あっ、おい見ろキリカ！　後ろでザンソードが裸踊りしてるぞっ！」

「んな手に引っかかるかい。それにウチが見たいのはアイツの裸やのうてハラワタや」

「お前相変わらず怖いやつだな!?」

……出まかせの嘘《うそ》を余裕でスルーし、ゆっくりと近づいてくるキリカ。

まるで花魁道中のように艶《あで》やかな足取りだが、まったくもって隙がない。

「アンタが転ばかした連中もそのうち追いつくやろ。そうなりゃサンドイッチやねぇ？」

「くそ……」

彼女に追い詰められながら、俺はちらりと『初心者の街』に立つ時計塔の秒針を見た。

鬼ごっこ終了まで、本当にあとわずかだ。

「23、22……チッ。あと20秒ってところでこれかよ……」

「フフ。まぁこんなお遊戯で勝っても嬉《うれ》しかないけどなぁ～？」

「ハッ、そう言うわりには嬉しそうじゃねーかよ。……なぁ、この調子であと15秒だけお話ししないか？」

「アホ言え、そしたらアンタの勝ちになってまうやろがい」

せっかくの提案をピシャリと却下されたところで、先ほど来た道からドタドタと追手たちが駆けてきた。

さらに上からも「追い詰めたぞ！」という声が。表情を引きつらせながら見上げてみれば、周囲の屋根にはほかの鬼役プレイヤーたちがずらずらと……。

「12秒……11秒……クソッ、あと10秒ってところで全員集合かよぉ……！」

そうして駆け付けたプレイヤーたちへと、キリカは鋭く指示を飛ばす。

「焦って包囲に穴を空けるなや！ 上の連中ッ、5人はウチの横に来なッ！ ユーリはんに転ばされた連中も、路地いっぱいに広がりながら息を合わせて飛びかかるんやッ！ もしも抜かされたら終わりだからねぇ！」

『お、おうよっ！』

有無を言わさぬキリカの命令を聞き、完成度を上げる包囲網。

ゲーム終了まであとわずかというところで、ネズミ一匹さえ逃げられないプレイヤーたちの檻《おり》が完成した——！

「ほいッ、完全包囲の出来上がりっと！ 残りあと5秒、あとは一気に仕留めるよッ！」

「チクショウッ、こうなったらかかってこいやァーーッ！」

冷や汗をかきながらそう叫んだ瞬間、25名ものプレイヤーたちが一斉に飛びかかってきた！

ああ、もはやどこにも逃げられない。曲がり角で後ろには下がれず、上からも鬼役どもが迫ってきている状況だ。

そうして、無数の手が俺の身体《からだ》に触れようと伸びてきた——その瞬間、俺は勝ち誇りながら言い放つ。

「悪いなお前ら、俺の勝ちだ」

・ゲーム終了！　生存者残り1名、逃亡者グループの勝利！

『はっ、はぁあああああッ!?』

表示されたメッセージを前に声を上げる追手たち。

タッチしてもよくなった俺は普通に彼らの手をペシペシはたいて押しのけ、包囲網から脱出するのだった。

「なっ――ちょい待ちゃユーリはんッ!?　ゲーム終了まであと数秒だけあったはずや！　それなのに何でッ、って……ぁ、ああああああぁぁぁあああああッ!?」

俺を呼び止めたキリカが奇声を上げる。

どうやら言葉の途中で気が付いたらしいな。

「お……思えば残り20秒とか10秒とか言い始めたのって、アンタやんけっ！　アンタ、ずらした数字を言いおったなぁーーっ!?」

「おうよ。仮に時計塔の秒針を見られても気付かれにくいよう、ほんの3秒か2秒だけな」

そうタネを明かした瞬間、キリカはガクッ……っとその場に崩れ落ちた。

そして「はぁ～……！」と大きく溜《た》め息《いき》を吐《つ》き、心底悔しそうな表情で俺を睨《にら》んでくる。

「クッソぉ〜〜〜……っ！　見事にハメられたわコンチクショウっ！　こっすい罠《わな》仕掛けおってー！」

「うるせぇ、狡猾《こうかつ》だろうが勝てばいいんだよ」

「んぁっ、今のセリフ亡者度高い……っ！」

なぜか頬を赤らめるキリカ。お前、変なところで好感度が上がるタイプだな……。

まぁそれはともかく、

「お前曰《いわ》くお遊戯だろうが、そう簡単には負けねーよ」

もう、誰にも負けないって決めたからな……！

第五十一話　思いを託せッ、キリカちゃん！

「ユーリはんっ、次は真剣勝負で勝ったるからなぁ……ッ！　むぐむぐむぐむぐっ……！」

「おう、バトルならいつでもウェルカムだぜ！」

アーツ習得クエスト後。俺は悔しがるキリカと共に、『初心者の街』に（なぜか）ある中華屋でマーボーをバクバクしていた。

ちなみに誘ってきたのはキリカのほうだ。こいつ曰く〝ブレスキはムカつくくらいに味覚再現機能がエグくて料理が美味《おい》しいけど、お店で一人で食べるのはちょっと恥ずかしいねん……〟とのこと。

まぁ花魁《おいらん》姿で中華屋でマーボー食ってたら特に浮きそうだしなぁ。

「ん～っ、やっぱりブレスキオンラインのご飯は美味やねぇ……！　『戦国六道オンライン』なんて、なんか土の味がする握り飯くらいしか食べ物がなかったからなぁ……」

「ははっ、ある意味戦国末期の時代を忠実に再現してるかもだな。ところでキリカ、実はちょうど聞きたいことがあったんだけどさ。お前のアバターって、『異世界からの襲撃者イベント』用に運営が作ったやつなんだよなぁ？」

「そうやけど、それがどしたん？」

「いやお前、『特殊行動系アーツ』を覚えようとしてたじゃんかよ。そうやって追加でアーツやスキルを手に入れることはできるのかなって」

そう問うと、キリカは「あーそれな！」と手を打って頷《うなず》いた。

「普通に出来るみたいやで？　だってウチらのアバター、基本的にはアンタらのアバターと変わらへんからなぁ。高レベルアバターを作って、そこにちょっとだけ別ゲーっぽい技やらを盛ったら完成って感じや」

「マジかよ……」

あっけらかんと言うキリカだが、俺はその真実にかなりの衝撃を受けていた。というか運営連中にドン引きだ。

だってよく考えてみろ。一から十まで特別仕様なイベント用のアバターで、最初に披露した性能からずっと変わらないんなら、時間をかければ誰でも討伐可能だろう。

戦闘がヘタな者だろうが、伝聞や実戦でデータを集めていけば勝てる可能性は十分にある。

だがしかし、中のプレイヤーの自由意思によって、無軌道にスキルやアーツを覚えて成長していくアバターとなれば……。

「それ……めちゃくちゃ攻略しづらいだろうが……ッ！　スキンヘッドやザンソードみたいなガチのトップ層はともかく、『バトルセンスは普通だけど頑張ってレベル50になりました』っていう大半の連中は、イベント中に殺され放題になるかもだぞ……！」

少しはまともになってきたかと思いきや、相変わらずアレなところがある運営だ。なんでいつも炎上寸前のギリギリな仕様にしやがるんだよ。下手をすれば大量のプレイヤーが辞めかねない事態だろうに……。

「本当にあいつらは……」

まさかの衝撃のシステムに、思わず溜め息を吐いてしまう。

──だがそこで、キリカはマーボーをガツガツとかき込みながら「気にすることはあらへんわ」と言い切ってきた。

「キリカ……？」

「何も問題はあらへんよ。──だってこの世界には、ゴミ職業と最弱武器とクソステータスで最強になった、アンタって人がおるやないか……！

たとえ運営がどぎつい試練を持ってこようが、アンタが笑いながら攻略したればいい。どんな『不可能』も楽しんで『可能』に出来るヤツがおれば、それだけで希望が持てるもんや。そうすりゃみんな辞めへんよっ……！」

そう語るキリカの口調には、確かな熱が込められていた。

つい先日会った時には、この『ブレイドスキル・オンライン』をヌルゲーと嘲っていたのに。

刺客として呼ばれただけの彼女にとっては、別にこの世界のプレイヤーたちが大量に辞めようがどうでもいいはずなのに……。

「はぁ……昨日な、『戦国六道オンライン』のサービス終了が決まったわ。きっついゲーム難易度で引退者を続出させてきたあのゲームも、いよいよ年貢の納め時やと」

「っ、サービス終了ってマジかよ……!? じゃあお前、帰る場所が……」

「ははっ……まぁそんなわけやから、ついつい似合わんことを言ってもうたわ。あぁ、今になって思うねん……。〝もしもあの世界に、ブレスキを盛り立てたユーリはんみたいな人がいたら、どうなってたんやろう〟ってな」

寂しさと悔しさの入り混じった表情で、キリカはお冷を一気に飲み干す。

そしてグラスを机にダンッと置き、赤らんで目で言ってくる。

「だからアンタッ、絶対に負けんなや……ッ！ なんか裏でコソコソやっとるペンドラゴンのヤツにはもちろん、ウチを含めた他の刺客たちにも、笑いながら絶対に勝ちぃやッ！」

敵でありながら、それでも俺に「負けるな」と彼女は言い放つ。

その言葉に、俺は「もちろんだ」と頷いた。

「お前の想《おも》い、受け取ったぜ。これからも勝って勝って勝ちまくってやる。だから今度戦場で会った時は、全力で襲って来いよな？」

「フッ……そんなん言われるまでもないわ！ もしもアンタが負けた時には、ウチがこの世界のトップになってやるからなっ！」

「おうっ、負けねーぞキリカ！」

共に闘志を向け合いながら、俺たちはニッと笑い合うのだった。

――と、その時だ。俺の目の前にウィンドウが表示されて……！

・フレンドのグリム様よりメッセージが届きました。
『敬愛する魔王殿よっ、新装備がもうすぐ出来るぞっ！　至急、ギルドにきてくれー！』

◆◇◆

「おっすおっすグリムー！」

「おおっ、来たか魔王殿よっ！」

巨大工房に顔を出すと、専属職人であるグリムが腕を組んで待っていた。

ちっちゃい身体にでっかい態度が微笑《ほほえ》ましい。ついついその頭に手が伸びてしまう。

「ってわひゃぁっ!?　魔王殿ー!?」

「いやぁ相変わらず可愛《かわい》いなーってな。それに加えて腕も立つとか、ウチの職人様は最高かー？」

「そ、そんなに褒められても最高の装備しか出せないからなーっ！」

恥じらいつつもニヨニヨと笑うグリム。

彼女は「なでられちゃったぁ……！」と呟《つぶや》きながら、目の前にアイテムウィンドウを表示させた。

「さてとっ。魔王殿が来る間に装備はしっかりと完成させたぞ！　むろん、例の要望も反映済みだ」

「ああ、悪かったなグリム。完成直前に無理を言っちゃって」

そう。彼女から『もうすぐ出来るぞっ！』とメッセージを受け取った直後のこと。

俺は装備の見た目について、一つ要望を出したのだった。

「にしてもどうしたのだ？　急に『和装』っぽい要素を入れてくれなんて」

「あぁ。キリカのヤツと飯を食ってて、そこでちょっとな」

「むっ、キリカって……えッ⁉　もしかして刺客プレイヤーの『修羅道のキリカ』のことか⁉　この前殺し合ったばかりなのに、なんで一緒にごはんっ⁉」

「まぁ落ち着けって」

驚くグリムに、俺はキリカの事情を話した。

彼女の帰るべき場所──『戦国六道オンライン』。その終了が決まってしまったということを。

「……ふむ。つまり魔王殿は、居場所をなくしたキリカに同情して、似たような服を着ることにしたと？」

「ははっ、そんな真似《まね》をして喜ぶようなヤツじゃないさ。——全てはアイツを、気持ちよく死なせてやるためだ……！」

そう。地獄から来たあの修羅に、同情なんて一切無用だ。

むしろ彼女を思うなら、最高のバトルを提供してやるに限るだろう。

「わかるかグリム？　アイツは地獄と化した戦国の世界で戦ってきたんだ。ザンソードみたいな侍や武者をぶっ殺しまくってきた亡者なんだ。

だったら、和装の相手と対峙《たいじ》した時にこそ、アイツの闘志は最高潮に高まるってもんだろ……!?」

「フハッ……！　つまりは敵に塩を送ってやるということかっ！　よしわかったたっ、どうか我の装備であの女に最高の戦いと死をプレゼントしてやれ！」

笑いながらウィンドウを操作するグリム。するとこちらのアイテムボックスに、新たなる装備一式が流れ込んできた。

俺は迷わずそれらの装備アイコンをタップする。

すると、俺の身体《からだ》はまばゆい光に包まれ——、

「——うわっ、今度のデザインはめちゃくちゃカッコいいなぁッ！」

光が弾《はじ》けた瞬間、俺の姿は完全に一新されていた。

和ゴシック、というやつだろうか。上半身は黒をメインに染め抜かれた和服に近いが、

脇や肩や横胸の部分はすっぱりと布地が切り抜かれ、振袖だけが謎技術で二の腕あたりから垂れている。

そして強く締め付けられた帯から下は、片方の腿《もも》が完全に見えるほどのスリットが入ったロングスカートだ。

まさに洋と和の融合。エロくてカッコよくて退廃的で凛《りん》として、肌を大きく露出しながらも気品に満ち溢《あふ》れた……最高のデザインだ……ッ！

「す、凄《すさ》まじすぎるぜグリム……！　お前、エロ装備の天才からさらなる高みへ進化したんだな……ッ！」

「クックック……シルや魔王殿から『恥ずかしすぎるからエロは控えてくれ』とめちゃくちゃ言われたからな。特に魔王殿は女向け装備自体を嫌がってたみたいだから、『カッコよくてみんなに誇れる女向けエロ装備』を目指してみたぞッ！」

「くぅ〜〜〜っ！　そこでエロ装備をやめるとか男らしい装備を作るとかそういう方向に行かずにオンリーマイウェイで新境地を見出《みいだ》すところ、ナイスだぜグリムッ！　流石《さすが》は『ギルド・オブ・ユーリ』の専属職人だ！」

「フッハッハーーーッ！　もっと褒めてくれ〜〜〜っ！」

じゃれついてくるグリムをヨシヨシしまくってやる！

ちなみに工房脇にあった鏡を見ると、髪型のほうも変化していた。

以前のようにビヨーンッと出ていた横髪が消失（ばいばい、世話になったな）。

代わりに前髪辺りの端っこには、宝珠の付いた赤い髪飾りが。

「おー、あの宝珠は髪飾りにしたのか。ナイスセンスだぜ、グリム！」

「うむっ、『天魔の宝珠』というやつだな。魔王殿から預かった素材の中でも特に綺麗《きれい》だったなぁ。ちなみにどこで手に入れたのだ？　我も欲しいかもだぞ！」

「あぁ、天狗《てんぐ》仙人っていう欲求不満だった爺《じい》さんがいてな。そいつを満足させて好かれると、コロっとどっかからひり出してくれるぜ！」

「ってぶぇえっ!?　や、やっぱりいらなーいッッッ！」

なぜかドン引きしてしまうグリム。

そんな謎の反応に俺は小首をかしげるのだった。

天狗仙人「言い方ァッッッ！」

第五十二話　新装備完成!!!!!!!

「ごほんっ！　まぁ魔王殿は前からスキンヘッドやらザンソードやら変な男たちに好かれてたから、変な爺さんから変なタマをもらったのも今さらとして……」

「おう、今度は装備性能の解説だな！」

見た目はもちろん重要だけど、大事なのは中身だからな！

俺は装備ウィンドウを開くと、さっそくエロカッコいい和風ドレスの性能を見ていくことにした。

どれどれっと――ムムッ!?

・頭装備『怨天呪装・闇飾り』（作成者：フランソワーズ　改変者：グリム）
装備条件：プレイヤーの筋力値・魔力値・防御値・敏捷《びんしょう》値全て半減　MP＋300
　　　　　幸運＋400
装備スキル【大天狗の申し子】：天魔流アーツの使用MPを半減する。
限定装備スキル①【六道魔界の後継者】：異世界のアーツ〝修羅道呪法『斬魔の太刀』〟〝餓鬼道呪法『暴食の盾』〟〝獄道呪法『断罪の鎌』〟〝人道呪法『欲望の御手《みて》』〟〝天道呪

法『衰弱の矢』〟〝畜生道呪法『禁断の猛火』〟が使用可能となる。※アーツに対応した装備が必要となります。

・体装備『怨天呪装・闇纏《まと》い』（作成者：フランソワーズ　改変者：グリム）
装備条件：プレイヤーの筋力値・魔力値・防御値・敏捷値全て半減　MP＋300
　　　　幸運＋400
限定装備スキル②【騎士王への反逆者】：残りHPが30％以下の時、異世界のアーツ〝『業炎解放・煉獄《れんごく》羅刹』〟が使用可能となる。

・足装備『怨天呪装・闇廻《めぐ》り』（作成者：フランソワーズ　改変者：グリム）
装備条件：プレイヤーの筋力値・魔力値・防御値・敏捷値全て半減　MP＋300
　　　　幸運＋400
限定装備スキル③【大悪魔の祝福】：残りHPが30％以下の時、異世界のスキル〝【憤怒の意志（調整版）】〟の効果を適用。消費MPが三分の一となる。

「なっ、なんじゃこりゃーっ!?　装備スキルってなんだよ!?　なんかもう訳が分からないことになってるんだが!?」

性能も大きく上がっているが、それ以上に気になるのはやはり装備スキルという項目だ。

驚く俺に、グリムが「クックックッ」と得意げに笑う。

「名前の通り、装備自体に付いたスキルのことだなっ！　職人スレの連中によると、今回からサイレント実装された新要素らしい。一部のアイテムを装備の生産や加工に使うことで搭載されるのだっ！」

「おぉ、そうなのかぁ……！」

そういえば天狗仙人がひり出したタマにもそんなことが書いてあったなぁ。

これで天魔流のアーツがバンバン使えるようになったってもんだ。

「あ、装備スキルと限定装備スキルってのはどう違うんだ？」

「うむっ。限定装備スキルは一つの装備に一つしか搭載できなくてな。さらに限定装備スキルのついた装備は三つまでしか身に纏えないという縛りまでついているらしい」

なるほど、同時に扱えるスロットは決まっているわけか。だから限定って名が付くわけだな。

「へー面白いじゃないか。やっぱり縛りが付いている分、普通の装備スキルより効果は強力なんだろう？」

「スレ民によるとそうみたいだな。ちなみに怨天呪装に付与した三つのスキルは、魔王殿が刺客プレイヤーどもからブンどってきた限定アイテムを使ったら発現したものだ。そういう意味でも限定だったりするわけだな」

あぁ。『修羅道のキリカ』に『逆鱗《げきりん》の女王アリス』、そして『暁の女神ペンドラゴン』から布やら糸やらがドロップしたっけか。

そりゃ頑張った甲斐《かい》があったってもんだ。どれも早く使ってみたくてウズウズするぜ……！

「特に頭装備の【六道魔界の後継者】ってヤツはすごいよなぁ。ちょうど色んな武器を使えるようになった俺にピッタリだ」

「うむ。調べてみたところ、どれも『戦国六道オンライン』に存在するアーツみたいだな。……まぁそのうち、存在したと言い換えなければいけなくなりそうだが」

「ああ……」

頭に付いた髪飾りをそっと手に取る。

キリカから手に入れた限定アイテム『修羅の赤布』を使用したのだろう。血で染め抜かれたような色合いが、禍々《まがまが》しくも美しい。

「……ほとんどのプレイヤーは一種類の武器しか使えないからな。使用できる限定アーツもそれによって限られちまう」

ある意味、〝プレイヤーはどの六道の亡者か選び、それによって異なる力を得る〟という『戦国六道オンライン』の設定再現だろう。

だがしかし、

「だけど俺なら、六道全ての力を発揮することができる。無念に終わった世界の技を、たくさんのプレイヤーたちに刻みつけることができる……！」

別に俺は例のゲームの出身者というわけじゃない。プレイしたことすらないんだから、思い入れなんてあるわけがない。

だけど、もしも俺がキリカと同じ立場だったら……。たくさんの出会いがあったこの『ブレイドスキル・オンライン』がなくなってしまうと考えたら、きっと泣きたくなってしまうだろう。

そう考えたら他人事《ひとごと》ではいられなかった。

「全力で殺し合った以上、キリカもダチの一人だからな。あいつのためにも六道の技で暴れまくってやるぜ……っ！」

さぁ、これで準備は整った。

新たなバトルスタイルを確立し、新たなアーツを山ほど習得し、そして新装備も完成した。

ゆえにもはや不足なし。こっからは、大暴れの開始だぜ――ッ！

【刺客対策】総合雑談スレ ７８９【刺客さんを助けて！！！！（´；ω；｀）】

1. 駆け抜ける冒険者

ここは総合雑談スレです。

ルールを守って自由に書き込みましょう。パーティ募集、愚痴、アンチ、晒しなどは専用スレでお願いします。

次スレは自動で立ちます。

前スレ：http:// ＊＊＊＊＊＊＊＊＊＊＊

107. 駆け抜ける冒険者

わあああああああああああああああああ刺客さんたちを助けてあげてええええええええええ！！！！！！！！！！！！！！！！！！！！！

108. 駆け抜ける冒険者

>>107

いやーえらいことになってるよなー今ｗｗｗｗｗ

二日前、ザンソードさんたちから『刺客プレイヤーも新スキルやアーツを覚えて成長していく』って聞いた時にはなんじゃそりゃって思ったけどさぁ……

109. 駆け抜ける冒険者

>>108

せっかくみんなで攻略法を編み出していこうぜってなったのに、それじゃあ弱点も埋められてご破算じゃねーかって荒れかけたよなぁ
と、思ってたら……ユーリちゃんさぁ……！

130. 駆け抜ける冒険者
>>109
もう暴れ散らしてててマジあの子今やばいってｗｗｗｗｗｗ
ともかくこれチャンスじゃね!? 押せ押せモード来てるって！！！

151. 駆け抜ける冒険者
>>130
おうよ、俺たちも刺客プレイヤーを逆に狩ってやろうや！！！
ぶっ倒したらつえー装備が作れる素材出すみたいだし、面白くなってきたぜぇ！！！

173. 駆け抜ける冒険者
>>151
おっしゃあ、やりたい放題のユーリちゃんに続きますかーーーーー！！！！

第五十三話　きったねぇ正義の炎、ユーリちゃん!!!

「死ねオラァアアアアアアーーーーーーーーーッッッッ！！！」

「「「ぎゃああああああああああああああああっ!?」」」

――新装備完成から二日後ォ！　俺は刺客プレイヤーどもをぶっ殺しまわっていたッ！！！

今も複数人の連中を相手に大暴れの真っ最中だ。基本的に散らばっている刺客プレイヤーどもだが、昨日一晩で50人くらい狩りまくってやったらつるむようになりやがった。

だけど負けるかよ。全員ッ、楽しくッ、ぶっ殺してやるぜぇッッッ！

「あはははははっっっ！　【武装結界】発動、さぁ現れろ武器どもッ！　からのっ、天道呪法ッ『衰弱の矢』――！！！」

虚空より召喚した七本の剣を刺客連中に射出するッ！

その刃が当たった瞬間、彼らの動きがガクッと遅くなった――！

「うっ、うごきっ、づら……ッ!?」

「数秒間だけ敏捷《びんしょう》値と防御値を下げるアーツだ。さぁ、お楽しみはこれからだぜーッ！」

次に俺が召喚したのは武骨で錆《さ》びた『初心者の鎌』だ。

ほぼ朽ちかけた最弱の武装だが、今やコイツには憑依《ひょうい》モンスターのシャドウ・ウェポンが宿っており、禍々しき闇に包まれていた。

俺はその柄を握り、腰だめに構えると――ッ、

「獄道呪法『断罪の鎌』ァーーーーーーッ！」

叫びと共に振りかぶるッ！

その瞬間、鎌から溢《あふ》れる闇色の光が爆発的に増大し、巨大な刃となって刺客プレイヤーたちを一気に切り裂いたのだった――！

「うぎゃぁあああああああーーーーーーーーーーーーッ!?」

「ハハハハッ！　HPが減っているほど威力と攻撃範囲が上がるアーツだッ！　常にHP1の俺にはピッタリだってなぁーーーっ！」

血の雨が降る中で盛大に笑う。

せっかくの公開バトルシステムなんだ。さぁ、見てるかブレスキプレイヤーどもぉッ！

思いっきり暴れまくるのはめちゃくちゃ楽しいぜーーーっ！

刺客どもをぶっ殺せばこんなアーツも手に入るんだ。だからお前らも楽しんでいこうぜーー！！！

「――いたぞッ、要注意プレイヤーのユーリだッ！　距離を取って嬲《なぶ》り殺しにしてやれぇッ！」

と、その時だった。

俺がハイになってるところに、新たに現れた刺客たちが一斉に遠距離魔法を放ってきた。

暴風や業火や雷弾が宙を舞い、俺めがけて殺到してくる。

「なんだよなんだよッ、今度は魔法バトルかぁ!?　いいぜぇ受けてやるよ！」

だが、その前に――――！

「腹が減ったから少し喰《く》わせろや。餓鬼道呪法、『暴食の盾』ッ！」

無数の魔法に飲まれる刹那、俺は七枚の盾を曼荼羅《まんだら》のごとく展開させた。

そして怪異は巻き起こる。盾の表面にオーラで出来た口が現れ、敵の魔法を全て食い尽くしてしまったのだ――――！

「な、なにぃーーっ!?」

「『暴食の盾』。敵の魔法攻撃を吸収し、ＭＰに変換するアーツだ。――それじゃあ次はこっちの番だぜ！」

おかげでＭＰ全快出来たからな、一気に終わらせてやろうじゃないか。

俺は最後に虚空より、手元に『呪符』を呼び寄せる。

バトルメイカーの恩恵によって新たに装備可能となった、魔術系武装だ。

「あぁ、ちなみに俺の魔力ステータスは初期値でな。高威力の魔法ぶっぱなんて出来ないから安心してくれ」

「はぁっ!?　舐《な》めてるのかッ！　だったら舐めたまま死ねーーーッ！」

激昂《げきこう》しながら杖《つえ》を構える魔法使いたち。

そして再び放たれんとする魔法攻撃を前に、俺はニィイイイッと笑い……！

「ぶっ殺すことは出来ないが、呪い殺すことは出来るんだよォッ！　畜生道呪法ッ、『禁断の猛火』――！」

その瞬間、手にした呪符が闇色の光を放ちながら無数に分裂し、刺客連中を囲い込む。

かくして大地は穢《けが》された。彼らの足元の地面に禍々《まがまが》しき邪炎の紋様が浮かび上がり、放たれようとした魔術が爆散を開始する――！

「ぐぁああああッ!?　こっ、これはぁッ!?」

・フィールド汚染発生！　指定個所《かしょ》は30秒間、『獄炎地帯』と『魔力暴走地帯』の属性を帯びました！
毎秒HPが5％減少し、50％の確率で発動した魔法が暴発します！


「さぁ、穢れきった炎の中で踊り狂えや……ッ！」

これが畜生道呪法『禁断の猛火』の効力だ。

爆《は》ぜた魔法が自身どころか周囲の味方をも巻き込み、集結していた魔法使いどもはあっという間に総崩れとなる。

そうなれば後は簡単だ。魔法の使用が命取りになることに加え、ただそこにいるだけで身体《からだ》が燃えていくことに気付いた彼らは、必死で炎陣の外に飛び出していく。

「ハァッ、ハァッ……もうこんなの滅茶苦茶《めちゃくちゃ》だぁッ！」

そうして、全身黒焦げになりながら悶《もだ》えていたところに――、

「それじゃ、あとはお前たちに任せたぜ？」

『ヒャッハァアアアアーーーーーッ！！！』

俺の言葉に応え、無数の戦士たちが飛び出してきた……！


つい数日前まで刺客連中にボコられていたブレスキプレイヤーたちだ。

その時の憂さを晴らすがごとく、絶句している刺客たちへと飛び掛かっていく。

「さぁお前たちッ、敵を殺して限定素材を奪い取れッ！　そして奪って強くなったら更に楽しくぶっ殺せるぜぇッ！　狩人《かりゅうど》どもを狩って狩って狩りまくってッ、襲撃イベントを楽しもうやーーーーっ！」

『ウォオオオオオオッ！　やってやるぜぇええええええーーっ！！！』

狂ったようなテンションで大逆襲を開始するプレイヤーたち。みんな本当に楽しそうだ。

きっと明日は強くなった彼らが他の刺客をボコり倒し、別のプレイヤーたちに夢と鮮血を見せていくのだろう。

強いヤツは弱いヤツを助け守る。そして弱いヤツは強くなり、また自分より弱いヤツを助け守る。

そうやって人の想《おも》いは繋《つな》がっていくんだ！

「刺客たちよ、思い知るがいいッ！　お前たちがどれほど暴力を振るってこようが、俺たちの正義の炎は消せやしないぜぇぇぇーーーッ！」

『オォオオオオッ！　食らえッ、正義パンチッ！　正義リンチ！！！』

こうして俺はみんな仲良しブレスキプレイヤーたちと一緒に、ハンターをハンターしまくったのだった！

刺客たち「正義ってなんだっけぇ……？」

第五十四話　なんもわかんねえ!!!!!!!! ユーリちゃん!!!!!

「――どこじゃぁああぁぁああっ！　刺客プレイヤーどもはどこじゃぁあぁぁああぁあっッッッ！」

刺客狩りを始めてから三日目ェッ！

俺は使い魔の『ウルフキング』に乗り、獲物を求めてブレスキ世界を爆走していた！

名前のわからん渓谷を駆け抜け、名前のわからん黒い森を突っ走っていく――――！

「なぁウル太郎ッ、俺たちは一体どこを走っているんだ!?　ここは一体どこなんだ!?」

『ワォオンッ！　ワオガルルワンッ！』

「そうかありがとう！！！」

何言ってんのかわかんねぇ！　もう何もわかんねーや！！！

でもいいさ。とりあえず刺客プレイヤーが目に入ったらぶっ殺すだけだからなッッッ！

それさえわかればオッケーなんだわッッッ！！！

「みんなも今ごろ頑張ってるだろうしなー。ちょっと様子を見てみますか！」

メニューウィンドウを開き、隅っこに設けられた『公開決闘をウォッチする』という項目を見る。

すると新たにいくつもの画面が現れ、どっかわからんところで戦っているプレイヤーたちの様子がテレビみたいに映り込んだ。

便利な機能っすねー。

「お～やってるやってる～……って、んんっ？　なんか黒い森の中でバトルしてるプレイヤーがいるじゃねえか！」

それってここじゃね!?　この近くでやってるんじゃね!?

「よっしゃッ、交ざるぜウル太郎！　なんかバトルの気配がしてそうな方向に走ってくれ！」

『ワオワオーーーンッ！』

命令するや、どっかに向かって走っていくウル太郎。

どうやらバトルが行われている場所を正確に捉えたらしい。走るごとに鋼と鋼がぶつかり合う戦闘音が聞こえるようになってきた（何も考えずに命令したのにお前そんな能力あったんだな！）。

「よーし飛び入り参加じゃー！　わっはっはっはっは！」

こうして俺は、戦場に向かって爆進していったのだった——！

◆

◇

◆

それから十秒後。

「オラッ死ねッ刺客野郎がァアアアアアッ！」

「キャーッ待って待ってぇッ!?　アタシ、ブレスキのプレイヤーだから！　刺客ならソコで死んでるヤツのほうだから――――っ！」

「え、マジで？」

なんかイケメンなのにピンクのロン毛でマダムみたいな眼鏡をかけたヤバいヤツがいたので飛び蹴りをかましたところ、そんなことを叫び始めた。

あっ、そういえば刺客プレイヤーと外で会った時の『○○と遭遇しました！』みたいなメッセージが出てこないな。こりゃあ悪いことをしちまったぜ。

「すまんすまんっ！　敵を殺すことで頭がいっぱいになってて、よく確認もせず襲っちまったぜ」

「やだ何この子、少年兵みたいな病み方してるんですけど……」

少し引き気味なピンクイケメンさん。

その細くて長い手を引いて起こし、埃《ほこり》を払ってやる。ホントごめんねー。

「マジで悪かったな。あ、俺の名前は……」

「知ってるわよ。チンピラ魔王ことユーリちゃんでしょう？　身長は165センチほどで先ほどの飛び蹴りの感覚から体重は50キロ前後。つい数日前に『バトルメイカー』のジョブを取得し、新たに剣と槍《やり》と盾と鎌と呪符の使用が可能となり、現在大暴れ中――ってこともねっ？」

「なっ……全部正解なんだが……!?」

な、なんだこの謎ピンクは。

公開決闘でバトルスタイルはおっぴろげにしているとはいえ、鎌や呪符が使えるようになったのはつい先日のことだぞ。

それをまぁーつらつらと語り倒してきて……。

「え……なにお前、ストーカー？」

「って違うわよぉっ！」

謎ピンクはプリプリと怒ると、纏《まと》っているスーツの胸ポケットから一枚の名刺を差し出してきた。そこには、『英知の蛇』と書かれていて――。

「申し遅れちゃったわねぇ。アタシの名前はピンコ。このブレスキの面白いニュースから世界観に秘められた謎まで何でも掻《か》き集める情報ギルド『英知の蛇』のギルドマスター様よんっ！」

そう言ってキャピッとウィンクを飛ばしてくるピンコ。

「ピンコねぇ……それが本名ってことでいいのか？」

「えッ、もしかして変かしら!?」

「変だろ～……」

……なんだか濃い奴《やつ》と会っちまったなーと、俺は今更ながらに思うのだった。

◆◇◆

「――にしてもユーリちゃん。公開決闘を見て駆けつけてくれたんでしょうけど、よく場所がわかったわねぇ？」

腕を組みながら木にもたれかかるピンコ。

顔はめちゃくちゃイケメンだが、ほぼ全身がピンクなせいで色物にしか見えないのが残念だな。

「探すの大変だったんじゃなぁい？　この『ミュルクの森』は見ての通り木々が真っ黒で薄暗くて、とっても迷いやすいトコだもの」

「いや、そんなこともないぞ。使い魔のウル太郎に探らせたからな」

よくやったとウル太郎を撫《な》でてやる。

するとピンコは「なるほど……ッ！」と言いながら顔をグイッとウル太郎に近づけてきた。

『ワフゥッ!?』

「なるほどなるほど……『ウルフキング』といえば察知能力に優れた狼《おおかみ》系モンスターのボスだものね。ボスモンスターを仲間にしている人なんてほとんどいないからわからなかったけど、通常の狼系モンスターより感度も相当高いってわけ……！　流石《さすが》はユーリちゃん、サモナーとしてモンスターを使いこなしているわねぇ」

いや、テキトーに任せたら探り当ててくれただけなんだが……。

というかウル太郎がビビッてるから顔を離してくれ。

「おっと失礼。……ねぇユーリちゃん。このウル太郎ちゃんのステータスに、察知能力が高いなんて書かれているかしら？」

「いや、書かれてないけど……」

「そうッ、未表記なのよ！　実はこのブレイドスキル・オンラインにはね、データ上の表記はないけど『なんとこういう能力や設定がありました』ってことが多々あるのよッ！　これってすっごくワクワクしないっ!?」

目をキラキラとさせながら「この気持ちわかるかしら!?」と迫ってくるピンコ。

ふむ……たしかにそういう隠し情報を集めるのは面白いかもだな……！

まぁブレスキの場合は運営のツメの甘さからそうなっちゃった感もあるが。

「ウル太郎ちゃんの場合はまぁわかりやすいわよね。狼なんだから鼻や耳がいいのは当たり前だもの。

でもこれがゴブリンとかドラゴンとか現実にはいない種族になると、どんな秘密を持っているか途端にわかりづらくなっていくでしょう？　そーいうのを調べていくのも、アタシのギルド『英知の蛇』のお仕事ってわけ♡」

「へーっ、そいつは面白そうだな！　使い魔たちの隠し能力がわかれば、敵をさらに効率的にぶっ殺せそうだッ！」

「やだこの子っ、ロマンの話もすぐに殺戮《さつりく》方向にもっていくんですけど～!?　絶対病んでるー！」

「元気だぜ！」

体をくねらせるピンコに親指を立てて答える。

今日も朝ごはんを二回もお代わりしちゃったからなッッッ！

「いやそういう話じゃないんだけど……まぁいいわ。

というわけでアタシのギルドでは色々な隠し設定を調べているわけだけど、最近の興味はこの世界の成り立ちなのよねー。今日もそれを調べるためにこの森に来たってわけ」

「世界の成り立ち？　それってなんだっけ？」

うーんダメだ、まったくわからん。パッケージやらになんか書かれてた気がするけど忘れた。

ログインしてからずっと闘いの日々だったからなぁ。今だって各所に散った刺客プレイヤーたちを一匹残らず引きずり出して虐殺するために旅してただけだし。

「ごめんなピンコ。俺、戦い方しかわかんねーや」

「うわぁ……もう完全に少年兵じゃない……。まぁいいわ、アタシが教えてあげるからねユーリちゃん……！」

なぜか俺の頭を撫でながら、ピンコはツラツラと語り始める。

——彼曰《いわ》く、なんかすごい昔に『魔王アザトース』とかいう変なのがいて、そいつがこの世界にモンスターやらをバラ撒《ま》いたらしい。

そんで色々あった結果、『地母神ユミル』の加護を受けた勇者サマが相打ちになる形でそいつをやっつけたんだと。

しかしすでに世界はモンスターであふれかえっており、さらにはモンスターを生み出す破壊不能の製造炉『ダンジョン』が各地に点在していて、人類は今なお戦いのさなかにあるのだった——みたいな感じらしい。

「へぇ～そういう設定だったんだぁ。だから俺たちってモンスターと戦ってたんだな」

「アハハ……初心者だろうと知っているような基本設定を、まさか最強のトッププレイヤー様に今さら教えることになるなんて思わなかったわ。ホントに殺し合いばっかしてきたのね……」

「おうッ、毎日刺激的で楽しいぜ！」

「そう……！」

なぜか泣きながら抱き締めてくるピンコ。よくわからんけど気恥ずかしいからやめてほしい。

——その後、「で、その情報がどんなふうにバトルの役に立つんだ?」と尋ねると、さらに強く抱きしめられてしまったのだった。

【超絶ド悲報】第四巻にして初めて世界観が語られる作品、ブレイドスキル・オンライン——!!!

第五十五話　到達ッ、新境地への扉！

「──よーしっ、走れ走れウル太郎ッ！」

「きゃあっ、速いわねーっ!?」

情報屋ギルドのマスター、ピンコと出会った後のこと。

俺は彼をウル太郎に相乗りさせて、黒い森を爆走していた。

このピンクイケメン眼鏡とはちょっとした契約を結んだのだ。

「それじゃあピンコ。契約通り、調査の護衛を務める代わりに役立つウラ情報を教えてくれよな！」

「了解っ！　じゃあさっそくだけど、周囲の木陰に向かってテキトーに攻撃してくれる？」

ほほう？

言われた通り、ウル太郎に乗った状態で矢を一発撃ってみる。

すると『ギャンッ!?』という鳴き声と共に、何匹かの黒い狼が飛び上がるのが見えた……！

「あいつらは……!?」

「ブラックハウンドっていう、この森固有のモンスターね。黒い木々の中に潜んでプレイヤーを襲うの。

——じゃあなんで今まで出てこなかったかというと、全てはウル太郎ちゃんのおかげねっ♡」

よしよしとウル太郎を撫でるピンコ。

……彼の手が触れた瞬間、ウル太郎の口から『キャゥ〜……！』とすっげー嫌そうな声が漏れたのは気のせいだろうか。

「ボスモンスターを連れ歩いていると、それと同種の下位モンスターから襲われにくくなるってわけ。

レベル差がありすぎると経験値が手に入らなくなるシステムがあるでしょう？　そんな相手を無視したい時や、ダンジョンのボスだけを速攻で狩りたい時なんかに便利よんっ！」

「なるほどなぁ〜、そりゃあ知ってて損はない隠し情報だな！　他にはなにかあったり？」

「あとはそうねえ。モンスターって基本的にはレベルアップで一度しか進化しないんだけど、中には特別なアイテムを使うことで二段進化する子もいるって噂《うわさ》も……！」

「マジでっ!?」

——こうして俺はピンコから色々な情報を聞きながら、彼が目的としている場所に向かったのだった。

◆　◇　◆

「――ついたついた！　この洞窟の奥よんっ！」

「はぇ～……！」

俺とピンコがたどり着いたのは、禍々《まがまが》しい紫水晶があちこちに生えた鍾乳《しょうにゅう》洞《どう》だった。

本当にビックリしたものだ。ピンコに手を引かれて朽ちた大木の虚《うろ》に飛び込んだら、こんなところに飛び出しちまうもんだから。

「いわゆる隠しダンジョンってやつね。前に語った通り、この世界にはモンスターたちの製造炉であるダンジョンが無数にあるの。でもこの『ミュルクの森』の周辺には全然それが見当たらなくて、不思議に思っていたのよ」

「なるほど。ブラックハウンドみたいなモンスターたちはいるんだから、ダンジョンもどっかにあるはずだよな」

「そうそうっ！　それであちこち駆けまわっていたら、モンスターをチョロチョロと生み出す不思議な木の虚を見つけたってワケ」

へーーーーっ。〝ダンジョンはモンスターの製造炉〟って設定を知ってるだけでも、こんな風に隠しダンジョンを見つけるきっかけになるわけか。

誰も手つかずの狩場を発見出来たらレベリングに役立つし、貴重なアイテムも手に入るかもだしな。情報の力ってすごいってばよ。

「あぁ、それとココだとモンスターが生まれるシーンがよくわかるわよ。周囲の紫水晶を見てみなさいな」

ピンコに言われて注目してみる。

すると、ドクンッ——という生々しい音と共に、あちこちの紫水晶が割れて粘液まみれのブラックハウンドたちが産まれてくるのが見えた……！

「うわぁ……なんか気持ち悪いな。このダンジョン内にある結晶全部が、モンスターどもの卵ってわけか」

「そうそう。まさにダンジョンは化け物たちのママンなわけ。ちなみに紫結晶をいくら壊したところで、まーた勝手に壁から生えてくるからやるだけムダね」

「なるほどなるほど～……」

キモいけどレアな光景が見れたなー。

そんなことを思いながら、『ウルフキング』を再び召喚する。

それだけでこちらを睨《にら》んでいた赤ちゃんハウンドどもが『ギャウーッ!?』と岩陰に散っていった。かわいいなオイ。

「さっそくモンスター除けのテクを使ってるわね～ユーリちゃん！　ボスモンスターを何体も手懐《てなず》けたプレイヤーなんて他にいないから、アナタだけのアドバンテージになるはずよんっ！」

「おうよっ、マジで教えてくれてありがとうなピンコ！」

「いえいえ。それじゃあ奥までの道をお散歩しながら、少しアタシの考察を聞いてもらいましょうか」

飄々《ひょうひょう》と歩きながらピンッと指を立てるピンコ。まるで先生みたいな感じだ。

「どうやらこのブレスキ世界は、『北欧神話』と『クトゥルフ神話』が下地になっているようなの。どちらも名前くらいは聞いたことあるでしょう？」

「まあな。どっちもなんか神様がバトルするやつだろ？」

「……ユーリちゃんらしい解釈の仕方ね。まぁ大体そうだけど。

それでこのブレスキ世界の話に戻るけど、元々は北欧神話の世界だったみたい。でもそこに、『地母神ユミル』によって星が創られたという設定から、元々は北欧神話の世界だったみたい。でもそこに、クトゥルフ神話の大ボスである『魔王アザトース』が攻め込んできて色々グッチャグチャになっちゃったって感じね」

ふむふむ……そういえば俺、『クトゥルフ・レプリカ』っていうモロにクトゥルフな名前のクトゥルフを飼ってたわ。

最近はグリムに撫《な》でられてウーウー喜ぶだけのペットになってたから、やばい存在だってことを忘れてたわ。

「話を続けるわよ。大昔に襲来した『魔王アザトース』だけど、アタシの調べだと彼はものすごい技術を持っていたみたいよ。ごくまれにだけど、『古代超文明の～』って名前が付いた錆《さび》だらけのアイテムが出てくることがあるのよ。ユーリちゃんは知らない？」

「あー、そういえばそんなのあったな！　たしか、『古代超文明の残骸機械』だったか……！」

俺のキメラモンスターの一体、『キメラティック・マシンゴブリン』の素材に使ってるアイテムだ。

機械系アイテムの中でもレア度が高かったから利用してたが、アレって魔王のお古だったのかよ。

「あははっ、流石《さすが》はユーリちゃん。『古代超文明』シリーズの中でもトップレアの代物ね！」

「おうよ、キメラモンスター作りに使い潰してるぜ！」

「いや使い潰さないでよ……。ここから先に進むためには、魔王の遺《のこ》した超文明の遺物が必要になるかもなんだから」

「ここから先？」

ピンコの言葉に首を捻《ひね》る。

そんな俺に「まぁ見ればわかるわ」と彼は言うので、トコトコついていくこと数分。

紫水晶に照らされたダンジョンの奥地で――俺はとんでもないモノを見てしまった。

「……最初に見た時はちょっと引いちゃったわよ。ねぇユーリちゃん、コレどう思う？」

「どうって……えぇ？」

あまりにも場違いすぎるだろうと俺も引いてしまう……。

なぜならそこにあったのは、今までのファンタジーな世界観とはまっっっっったく噛《か》み合わない、光のラインが走る超未来的な巨大扉だったのだから……！

第五十六話　ユゴスへの扉

「おいおい……ここに来てSFかよ」

未来的すぎる扉を前に溜息《ためいき》を吐《つ》いてしまう。

まぁクトゥルフ神話の神様たちは宇宙から来た存在らしいからな。スペースファンタジーな超技術を持っていても、おかしくはなさそうだが……。

「大胆すぎるストーリーを考えたもんだぜ、運営は」

〝剣と魔法の世界かと思わせて超技術ドーンッ！〟なんて、下手すりゃ荒れかねないレベルのどんでん返しだろうに。

呆《あき》れ混じりにぼやく俺に、しかしピンコは「ノンノンよ、ユーリちゃん」と指を横に振った。

「実はこの世界の物語を書いたのって、運営とはちょっと違うのよネー」

「えっ、どういうことだよ？」

ピンコの言葉に首を傾《かし》げる。

運営がストーリーの書き手じゃなけりゃ、じゃあ誰が書いたっていうんだ？

「フフ……この世界はね、機械仕掛けの神サマによって作られたのよ。

——正確に言えば、運営さんたちは『ストーリーライン自動作成機能』ってのを開発し、さらにはソレに約千年分の世界の歴史を書かせたらしいわん。そうして、この世界は今の形に至ったってワケ」

「な、なんだそりゃ……！」

まるっと機械まかせで作りやがったのかよ!?

あとそもそも『ストーリーライン自動作成機能』ってなんだ。そりゃ軽く話の設定を組むだけのプログラムはあるが、千年分の歴史を崩れることなく書ききるってどんな性能じゃい。

あいつらホント色々やばいな。

「まっ、流石に近代の歴史には運営さんたちの介入があるみたいだけどねぇ。イベントの進行を務める『国王オーディン』なんてモロに運営のアバターだし」

「あーあいつな。

……つーかすごいなピンコ。世界観の設定ならともかく、世界作りの裏事情なんてよく調べたもんだ」

「あぁ、まーね。運営の関係者が知り合いにいるのよ」

「へー……」

……っておっと、すっかりピンコの話に聞き入っちまった。

扉をさっさと調べないとな。ウル太郎が睨みを利かせているが、一応ここはモンスターたちの巣穴なわけだし。

それに――他にも気をつけなきゃいけないことがあるかもだしな。

「で、開け方を調べればいいわけか？　護衛役でついてきたけど、こんなの見せられたらほっとけねーよ。俺も手伝うぜ！」

「ありがとうユーリちゃんっ！　ウフフ……この太古の扉を開けたらどうなっちゃうのかしら～。人間じゃない存在が紡ぎあげた歴史をハダカに出来るなんて、ワクワクするわねぇっ♡」

ウネウネと身体《からだ》をくねらせるピンコ。

顔だけだったら超絶イケメンだが、相変わらず言動がアレなやつだ。

「じゃあユーリちゃん、扉にタッチしてくれる？　小難しいメッセージが出るはずよん」

「ほいっと」

言われた通りに触れてみる。

すると目の前に、『黒き星は暗き地に堕《お》ち腐りの子宮に擁《いだ》かれ眠る。汝《なんじ》、ユゴスを目指す者よ。臣たる証《あかし》を此処《ここ》に示せ』という文章が。

……うわぁ、たしかにめっちゃ小難しいな。つーか危険な匂いがプンプンだ。

「これ、絶対に中に入ったら隠しボスとバトルになるやつだろ……」

「そうよね～。厄ネタの匂いしかしないわ。でも、そういうボスだからこそ面白い話が聞けそうだし、倒したらオンリーワンなアイテムとか手に入りそうじゃない？」

おっと、そう言われるとやる気が出るってもんだ。強い装備の作れるアイテムには目がない俺だぜ。

「口ぶりからして、ピンコはここに来るのは二度目なんだろう？　開けるアテはあるのか？」

「まぁねー。最初に来たときはモンスターどもに囲まれながらの調査だったから集中できなかったけどネ。

ひとまず『臣たる証を此処に示せ』って一文に着目して、古代アイテムをいくつか扉の前に出してみようと思うの」

そう言って錆びた歯車やら千切れたケーブルやらを取り出すピンコ。

さて、何が起こるか楽しみだな……！

◆◇◆

あれから数分後。

「――はぁーやだやだ。なんだかどれもダメっぽいわねぇ……」

だらーっとその場にへたれ込むピンコ。

山ほどの『古代』アイテムを扉の前に出したりこすりつけたりした彼だが、まったく扉は開かなかった。

どうやら『古代』アイテムシリーズを差し出せば開くんじゃないかというピンコの考察は、見事に外れてしまったらしい。

「あちこち回って掻《か》き集めてきたのにショックだわぁ。もしかして数が足りないんじゃないかと思って、ユーリちゃんから『超古代文明の残骸機械』をいくつも借りて出したりもしたのに。ていうかなんでそんな持ってるのよ？」

「幸運値極振りでバトルばっかやってるとレアドロップなんてすぐ手に入るんだよ。で、次の手は？」

「特になーし……」

クソ低音ボイスでうなだれるピンコ。かなり本気で落ち込んでいるようだ。

それじゃあ今度は俺が色々試してみますか。――つーか『古代』シリーズがダメだったとわかった時点でほぼ正解はわかった。

……情報屋のこいつなら自分から言いだしそうなものだが、まぁいい。

「元気出せよピンコ。お前が頑張ってくれたおかげで目星はついた」

「えっ、マジで!?」

驚くピンコに頷《うなず》きながら、スキル【万物の王】を発動させる。

ギルドの倉庫と空間を繋《つな》げ、アイテムを自由に出し入れできるようになるスキルだ。

俺はぐぱぁと開いた次元の裂け目に手を突っ込み、ある物を引きずり出した。

「うへぇ、ビクンビクン震えてやがる。ってうわッ、絡みついてきた!? 放せオラーッ！」

「えぇ……ユーリちゃん、何なのそれ？」

「あぁ、『クトゥルフ・レプリカ』ってモンスターの触手の一部だよ」

そう。俺が取り出したのは、クーちゃんをぶっ倒したときに手に入れた『禁断邪龍の触手片』というアイテムだ。

レプリカだろうがクトゥルフと名付けられたモンスターの血肉。これで無反応ってことはたぶんないだろう。

これだけゲーム的に重要そうな扉となれば、隠しボスのアイテムくらいは要求してきても不思議じゃないしな。

「そんなものがッ――ユーリちゃん、扉の前に差し出してみて頂戴ッ！」

「……ああ、いいぜ」

絡みついた腕ごと突き出してみる。

すると、これまで青白い光を放っていた扉が赤く輝き、ドドドドドドッと震え始めたのだ……！

さらには目の前に赤黒いメッセージウィンドウが現れて……。

・『細胞適合率――97%。基準値クリア。

今は亡き魔王軍が大幹部〝クトゥルフ〟の縁者と判定し、そして何よりそう願う。魂魄《こんぱく》名：ユーリ。魔鋼の力を此処に授けん。異端なるユゴスの扉は、汝にこそ開かれり
──！』

そして、未知への扉は開錠された。

地鳴りを起こしながら左右に分かれ……その奥に広がる、超々巨大な古びた機械製造場《マシンファクトリー》を露《あら》わにしたのだ。

むろん、ただの工場という雰囲気ではない。あちらこちらに光のラインが走り、複雑な魔法陣が各所に刻まれていた。

「はぇー……こりゃあすごいな……！　メッセージ曰《いわ》く、『魔鋼』の技術だっけか。そいつをここで身に付けられるってか!?」

未知の展開に目を輝かせながら、一歩、また一歩と、ファクトリーの中に踏み込んでいく。

「すげーっ、ワクワクするなー！」

そうして何歩か歩んだ……その時。

「──ええ、これであの人の思惑通りねぇッ！」

無防備な俺の背中に向かって、大鎌を振りかぶったピンコが突っ込んできたのだった

──！

まぁ、

わかっていたならカウンターは容易《たやす》い。

大鎌によって刈られる直前、ヤツよりも一瞬早く後ろ回し蹴りを繰り出した！

「なっ──!?」

「知ってたけどな」

ピンコの顔面にめり込む足先。さらにはそこで衝撃大増幅スキル【魔王の波動】が発動し、ヤツを壁際まで吹き飛ばす──ッ！

「ぐぎぃッ!?」

「がはっ……ッ!?　っ、ま、まさか、わざと隙を見せた感じぃ……!?」

「まぁな。やるならここらで殺《や》りにくるだろうと予測してたからな」

　別に大人しくしてるんなら良かったけどな。

　こいつの話は本当に面白かったから、まったく残念な限りだぜ。殺す。

「嘘《うそ》でしょ……一体いつから、アタシのことを疑っていたわけ……？」

「最初からだよ。お前と出会い、手を握ったあの瞬間からな」

「はぁ!?」

　そう——ピンコのことを刺客プレイヤーと間違えて蹴っちまった直後のことだ。

　俺は『刺客プレイヤーじゃないわよーッ！』と喚《わめ》き泣く彼の手を握り、引っ張り起こした。

　あの時にとあるアーツを発動させてもらってな。

「人道呪法『欲望の御手《みて》』。発声せずとも発動できる、〝触れた相手の名前と状態〟がわかる特殊アーツがあるんだよ。そいつを使った結果——お前の名前が『マーリン』とわかってな」

「っ……!?」

　驚愕《きようがく》に目を見開くピンコ……もといマーリン。

　神話やらにそこまで詳しくない俺でも知っているさ。マーリンっていうのは、アーサー王伝説における『アーサー・ペンドラゴン』の仲間だってことくらいな。

「あらあら……人のプライベートな情報を覗《のぞ》くなんてユーリちゃん趣味わる〜い……！」

「悪いな。別に変な意味はなくて、お前が本当に一般のプレイヤーか調べるためだったんだ。ほら、刺客プレイヤーってのは『修羅道のキリカ』みたいに二つ名付きの特殊な名前をしているだろう？」

そこを利用して判別しようとしたわけだ。

他にも『刺客プレイヤーと出会ったらメッセージが表示される』って判定方法もあるが、あれは信用ならないからな。

セーフティエリアである街中でキリカと会った時のように、条件によっては流れないこともある。

もしかしたら刺客プレイヤーが手動で流してるかもだしな（それはちょっとシュールだが）。

「あぁそれと。マーリンって名前を知った段階では、少し気になるくらいだったぜ？　神話や伝承から名前を取るプレイヤーは多いからな。

だけど……お前がわざわざピンコなんて偽名を使った瞬間、懸念は一気に疑念に変わった。無意味に名を隠すヤツなんていねーからなぁ？」

「っ……『ピンコが本名でいいのか』って訊《たず》ねてきたのは、そういうことだったの……」

俺の言葉に呻《うめ》くマーリン。

やがてヤツは、溜《た》め息《いき》を吐《つ》きながら「完敗だわぁ……」とうなだれた。

「はぁ～～ぁ。ペンドラゴンちゃんとの繋がりを見せないよう、あえてマーリンの名前を隠したのがアダになったわぁ……。

ユーリちゃん、アナタ物知らずなくせにめちゃくちゃ抜かりないわねぇ。というか穴を見つけるのが上手《うま》い感じ？　少年兵は少年兵でも、歴戦の少年兵ってことなのねぇ……」

「少年兵じゃねーよ。まぁ他にも色々気になるところはあったりしたが、とにかくお前は敵ってことでいいんだよなぁ？　俺を騙《だま》した狙いはなんだ？」

「あら、気になる……？　だったら――ッ」

大鎌を杖《つえ》に立ち上がるマーリン。

その瞬間、ヤツの足元に紫電の魔法陣が現れた――！

「ならば、勝負よユーリちゃん……！　騙した理由が知りたいんなら、アタシをぶっ倒して聞き出すことねぇッ！」

「ハッ、上等じゃねえかこの野郎ッ！」

こちらもまた複数の武装を周囲に展開させる――！

かくして新たなエリアを前に、裏切り者との決闘が幕を開けたのだった……！


マーリン（偽名は……ピンクだからピンコでいきましょう！）

ユーリ（ネーミングセンスゼロかよこいつ……）

第五十七話　激闘ッ、裏切りの魔戦士マーリン！

「さぁ行くわよッ！　『サンダー・エンチャント：スーサイドボルト』！」

雷を纏《まと》いながら駆けてくるマーリン。

付与呪文の効力か、大鎌を持ちながらもその動きは素早い――！

「だったらこっちはホーミング武器だ！　さぁ行けッ、ポン太郎軍団ッ！」

『キシャシャーーーッ！』

弓を握り締め、数本の矢を一気に射出する！

元祖おなじみのシャドウ・ウェポンが憑《つ》いた矢だ。命中率補正スキル【魔弾の射手】の能力も合わさり、生きた矢の群れはマーリンに殺到していく。

さぁどうする。威力のほうもダメージアップスキルの山で折り紙付きだぜ？

「フッ、甘いわよッ！　ウェポンスキル発動ッ、【飛行】封断ッ！」

『キシャーッ!?』

叫びと共に鎌を振り回すマーリン。その刃にポン太郎たちが触れた途端、いともたやすく弾《はじ》かれていく。

決して軽い攻撃ではないのに――まるで運動エネルギーを失ったかのように……！

「さっき叫んだ【飛行】封断って、まさか!?」

「そうッ！　アタシの大鎌『クラレント』はね、攻撃のヒットと同時に指定したスキルを一瞬無効化できるのよぉッ！　そしてッ！」

背後へと鎌を振りかぶる。それによって、マーリンへと飛び掛からんとしていたウル太郎が斬られた！

両断されるほどの傷ではないが、ウル太郎の動きがビクッと止まり――、

「付与呪文の力によって、麻痺《まひ》を与えることもできるの……！　さぁ、お眠りなさいウル太郎ちゃん」

『ギャウゥゥウゥウゥ……っ！』

痙攣《けいれん》しながらうずくまるウル太郎。悔しげな鳴き声が洞窟と新エリアの合間に響く。

「なるほど……もしも俺が斬られた場合、食いしばりスキルの【執念】を封印されて終わりってわけか。ならば使い魔の肉壁を山ほど出そうにも、そっちは麻痺らせて対処と」

「ええ、いい戦術でしょう？　ちなみにコリンちゃんが使っていた『フツノミタマ』と違って、『クラレント』は威力もあるからご注意よんっ♡」

ははっ、そりゃ上等なことだ。

だがしかしだ。ちらりと聞けば『フツノミタマ』の上位互換に思えるが、実際にはどっこいどっこいってところだろう。

なにせコリンの霊剣は一発で3つもスキルを封印してきやがったからな。しかも3分間も封じるとか、威力ほぼゼロのデメリットに相応《ふさわ》しい力を持っている。

対してヤツの『クラレント』は、斬った瞬間にスキル名を叫ばなきゃいけないわけだから、相手がどんなスキルを支柱としているか知っておかなきゃいけないわけだ。

弾かれたポン太郎たちが『キシャシャ～……！』と泣きながら飛んできているのを見るに、封印時間が短いのもマジなんだろう。

「相手を知らなきゃ使いこなせない……まさに情報屋の武器としてピッタリだな。そこは嘘じゃなかったのか」

「ええ。噂話《うわさばなし》集めに謎解きや考察は本当に大好きよん。アナタに吐いた嘘は、『ピンコ』っていう可愛《かわい》い偽名くらいだわんっ♡」

「そうかよ――ネーミングセンスねぇなオイッ！」

俺は双剣を手にすると、ヤツ目掛けて斬りかかった！

その行動に「えッ!?」と驚くマーリン。長々と武器の危険さを語ったところに攻め込んできたのだ。そりゃあビックリするだろうさ。

「スキル発動【武装結界】。さぁ、いくぞ武器たちよッ！」

「なッちょっ!?」

顕現させる七本の武装。それらを合わせて合計九本の刃を以《も》って、マーリン相手に攻め立てる！

「オラオラオラオラァアアアッ！　ぶっ殺してみろやッ、ペンドラゴンの手先がァアアッ！

弓使い相手に近接戦で負けんのかアァンッ!?」

「いや絶対にこれもう弓使いの戦い方じゃないしぃッ!?」

必死で大鎌を振り回すマーリン。明らかに俺よりも上位の技術を持っているようだが、だからどうしたという話だ。

俺は覚えたての勢い任せな剣術を、絶えず射出する七本の武器によって補強する――！

「これが俺の新剣術じゃぁッ！　たとえ俺本体の腕が未熟だろうが、同時に九回斬りかかってりゃ相手はそのうち死ぬんだよォッ！」

「それもう剣術ですらないしッ！　くッ、文字通り手が足りない――ッ!?」

亜空間から射出される魔剣や魔槍《まそう》に身を裂かれ、ヤツの顔色が青黒く変色する。

どうやら毒属性の武器に当たっちまったようだな。装飾品で守っているのか麻痺や氷結は起こらないが、それだけだ。

「装飾品の数は三つ。防げる状態異常もそれで限られてくるからな。んじゃ、このままトドメといこうか……！」

「クソッ、ストーリーも知らずにバトルばっかやってただけあって強すぎる――ッ!?」

焦った表情で後退するマーリン。常時発動状態の雷属性付与により、目にも留まらぬ速さで走り去らんとする。

だがしかし。

「もしかしてお前、俺から逃げられると思っていたのか？」

「えっ――なぁッ!?」

そこでヤツはようやく気付いた。

新エリアに繋《つな》がる扉の前……ちょうど自身の足元となるところに、一枚の呪符が置かれていることを。

それは一気に闇色の炎を放ち——そしてッ！

「焼かれた獣の気分を味わえッ！　畜生道呪法『禁断の猛火』ァッ！」

「ぐッぎゃぁあああああああああああああああーーーーーーッ!?」

ここに顕現する邪炎の檻《おり》。指定した個所《かしょ》を『獄炎地帯』と『魔力暴走地帯』に変える極悪アーツが発動する。

それによってマーリンは全身を焼かれただけでなく、これまで自身を強化していた付与呪文が暴走を開始。

激化した雷撃により、ビクンビクンッと自らの術で感電し——、

「ぁ……アタシの、負けだわ……」

——かくして、新天地を前にしたバトルに決着がついたのだった。

第五十八話　絶滅大戦ラグナロク――！

「――はぁいユーリちゃん。アナタって本当に強いわねぇ……」

「おうよ。お前も全身ピンクのくせになかなかやるやつだったぜ」

「今は全身ブラックよぉー……」

呪法を解き、黒焦げになったマーリンに近づく。

すでにその身体《からだ》は消え去ろうとしていた。まぁ状態異常武器の連続射出に邪炎に術の暴発を受ければＨＰも消し飛ぶわな。

「じゃあ消える前に聞かせろよ。俺を裏切ってきた『タイミング』についてな」

「あら、理由はいいの……？」

「んなもん、お前がペンドラゴンの知り合いだからってことで十分だろうが。どうせヤツの差し金だろ。

じゃあ気になるのは――なんで俺に新エリアを開かせた上で裏切ったかってことだ」

そう。ただ俺を殺したければ、フィールドなりで襲えばよかったんだ。

わざわざこんな強化要素のありそうな新エリア、俺に教える必要さえなかっただろうに。

『クトゥルフ』の肉片を持つ俺に扉を開かせて、その時点でポイ捨てする……ってのも違うよな？　ペンドラゴンやお前の実力があれば、自分たちでクトゥルフからアイテムを取ってくることも出来ただろうし」

「あはは……たしかにね。そんなゲス行為、間違ってもするアタシたちじゃないわ」

「ならなんでだ。どうして俺に扉を開かせた上で、殺しに――」

その時だった。マーリンがフッと笑ったかと思うと、ヤツの身体が光の粒子となって消える。

それを見て「答えを聞き逃したか……」と舌打ちしたが――次の瞬間。

・隠し条件：『魔王墳墓ユゴス』内における魂魄《こんぱく》の生贄《いけにえ》（※プレイヤーキル）達成！
全魔鋼機械、正式稼働します――！


「なっ、なんだ⁉」

メッセージと同時に、ファクトリーにあった機械たちが音を立てて動き始める。

刻まれた魔法陣を強く禍々《まがまが》しく輝かせながら、あちこちから蒸気を吹き出し始めた。

「何が……ん、これは……？」

突然の事態に戸惑っていたところでふと気づく。

いつのまにやら俺の足元には、ピンク色の可愛らしい手紙が落ちていたのだ。

それを拾い上げて読んでみると……。

『ペンドラゴンちゃんの狙い――それはずばり、全プレイヤーを巻き込んだアナタとの大戦争よ。

あの人は天才すぎて頭おかしいわ。リアルのコネとリアルマネーで何千人ものプレイヤーを雇うと、ブレスキ内に存在する数万冊の書物を掻《か》き集めさせたのよ。

そして、たった数時間でそれら全てを読み解き……そこから最大規模のワールドクエストの存在と発生条件を導き出したわ』

「っ、全プレイヤーを巻き込んだ大戦争に……最大規模のワールドクエストだと……!?」

狙いも手法も出てくる単語も、色々派手でめちゃくちゃすぎだろ……。

アイツ本当に頭おかしいなぁと思いつつ、手紙を最後まで読み進める。

『ワールドクエストの発生条件は二つ。一つは、プレイヤーの一人が魔王の遺《のこ》した技術の隠された「魔王墳墓ユゴス」を見つけ、完全起動に成功すること。アタシはアナタの先導役に選ばれたってわけネ。

そしてもう一つは、それと対となる「女神の霊樹ユグドラシル」を誰かが芽吹かせること。その二つが達成された時――ラグナロクは巻き起こるわ……！』

――そこまで読み進めた瞬間だった。

まるで大地から何かが突き出したような大地震と共に、目の前に巨大なウィンドウが表示された。

そこには――

・ワールドニュース！　ワールドニュース！　ワールドニュース！
以後30秒間、あらゆる戦闘システムを停止し、全プレイヤーへと強制告知！
プレイヤー：ユーリ様によって『魔王墳墓ユゴス』が覚醒！
プレイヤー：ペンドラゴン様によって『女神の霊樹ユグドラシル』が覚醒！
双方の完全覚醒により、条件は達成されました！
これより――ワールドクエスト『第一次・絶滅大戦ラグナロク』を開始します！
全プレイヤーは『魔王』側に付くか『女神』側に付くか、メニューウィンドウより決定を――！

「は、ははは……ッ！　ペンドラゴンの野郎ッ、マジでハチャメチャな戦場を用意してきやがった……ッ！」

もうドン引きだよ。アイツ気合い入りすぎだろうと笑ってしまう。

――だが、面白れぇ……ッ！　こんなエンドコンテンツじみたクエストを引っ張り出して、今や二十万人すら超えている全プレイヤーを巻き込んだ上で暴れさせてくれるだとぉ!?

「いいぜ……受けてやるよッ！　こんな体験が出来るやつが他にいるかよッ！」

かくして俺とペンドラゴンの最終決戦が、ここに幕を開けようとしていたのだった

――！

運営「隠し条件いっぱい仕込んだし、ラグナロクが起こるのはゲーム開始から半年後くらいやろなぁ……」

――完！

【なんか始まったんですけどォ!?】総合雑談スレ815【ユーリちゃん公式魔王化ッッッ！！！】

1. 駆け抜ける冒険者

ここは総合雑談スレです。

ルールを守って自由に書き込みましょう。パーティ募集、愚痴、アンチ、晒しなどは専用スレでお願いします。

次スレは自動で立ちます。

前スレ：http:// ＊＊＊＊＊＊＊＊＊＊

107. 駆け抜ける冒険者

待て待て待て待て!?

なんぞこれーーーーーーーーーーーーーーーーーー！！？！？！？？？

絶滅大戦ラグナロクってなに!?

108. 駆け抜ける冒険者

お前らワールドニュース見たか!?

なんか始まったぞオイッ！！！！

109. 駆け抜ける冒険者

>>107

メニューウィンドウに詳細が追加されてたわ！

要するにプレイヤーは二つの陣営に分かれて殺し合うらし

い（墳墓と霊樹の解放者は強制固定みたいだが）。

魔王側は『魔鋼武装』っていうのに武器改造が出来るようになって、女神側は『神鉄武装』っていうのが使えるようになるんだと。

ちなみにどちらを選ぶにしても、性能差はさしてないらしい。ただ魔王側は武器が禍々しくなって、女神側は神々しくなるんだってさ

130. 駆け抜ける冒険者
>>109
まぁどっちかの武器が優れてるってなるとプレイヤー比が傾きまくるもんなー。

んで開催日は一週間後。流石に予定調整や準備の期間はくれるみたいだな。

ただ……勝負のルールがなぁ……ｗｗｗｗｗ

151. 駆け抜ける冒険者
>>130
現在行けるマップを丸ごと舞台として、どっちかの陣営が絶滅したら勝利ってなんだよコレｗｗｗｗｗｗｗｗｗｗ
もうはちゃめちゃすぎるだろーーーーーー！！！！　ｗｗｗｗｗｗ

173. 駆け抜ける冒険者
>>151

やべぇよなぁ運営ｗｗｗ
ただ流石にそれだと舞台が広すぎるから、何時間もかけてどんどん戦場が見えない壁でせばまっていくルールみたいだな。
範囲外にいると防御不可のダメージを受け続けることになるんだと

176. 駆け抜ける冒険者
>>173
そういう形式かー。それならどっちかの陣営を全滅させることも可能っちゃ可能だな。

……にしても今のブレスキって20万人近いプレイヤーがいるんだろ？

そんな人数が大戦争かますことになったらマジでどうなるんだろうなｗｗｗｗｗｗ

179. 駆け抜ける冒険者
>>176
ネットニュースとか海外とかでも、『ネットゲーム最大規模の戦いが開幕！』って煽りで話題になってるみたいだぞ！

しかも開催までの一週間、50レベル以下のプレイヤーは経験値が2倍になるらしい。今から始めても頑張れば上位勢と張り合えるようになるわけだな。

もしかしたら開催当日にはもっっっとやばい数になるん

じゃねえか!?

180. 駆け抜ける冒険者

>>179

やベーよなー！　こんな祭り参加するしかないだろーーーーー！！！

ちなみに魔王側のユゴスだかを復活させたのは俺たちのユーリちゃんみたいだけど、女神側のペンドラゴンって刺客プレイヤーのあいつじゃね!?

そんな立場のヤツがワールドクエストの引き金を引くとかありかよ〜〜〜!?

240. 駆け抜ける冒険者

>>180

実際にワールドクエストが起こったんだからアリなんだろうなー。

ダメなら最初から刺客プレイヤーは条件満たせないとか設定されてるはずだし。

相変わらず懐のでかい運営だぜ・・・！

245. 駆け抜ける冒険者

>>240

ガバガバ一歩手前の大胆すぎるルールといい、本当にブレスキ運営はいつも斬新ですげえよなぁ！！！

さーてお前ら、どっち側に所属する!?

やっぱりブレスキプレイヤーのユーリちゃんに味方したいって気持ちもあるけど……あの魔王をぶっ倒したいって思いもあるんだよなぁ……！

幕間　掲示板と強くなった運営チーム!!!!

「「ほんぎゃぁあああ！！！！！！！！？！？！？！？！？！？」」

——開発室に響く男たちの大絶叫。

ゲーム開始から最短でも半年は起こらないと思っていた大規模コンテンツの解放に、運営の者たちは狂い悶《もだ》えた。

「は——早く幕開ければいいってもんじゃねぇぞオラァアアアッ!?　ゲームの寿命が逝っちゃうンゴァアアアアアアア！」

「いっ、今から開催の準備しないと！　急げ急げ〜〜〜！」

「ってうわぁッ!?　世界中でブレスキのアカウント取るやつがわんさか出てきたーーー！　サーバー増設今から間に合うかぁッ!?」

「クソッ、こうなったらデータ超圧縮コードを速攻で組んでやるッ！　かかってこいや世界オラァアアアッ！」

ワタワタと慌て始める運営チーム。突然の事態にもう涙目だ。

そんな彼らに対し——虚空より女の笑い声が響き渡った。

『アハハハハッ！　さぁさぁ面白くなってきたねぇッ！　世界中から注目を浴びながら、ユーリくんと戦うのが楽しみだぁーーーっ！』

「「ッ、テメェ！　竜胆《りんどう》オラァアアアアッ！　運営チームは怒気を露《あら》わに吠《ほ》え掛かった――――！

子供のように笑い転げる竜胆に対し、運営チームは怒気を露わに吠え掛かった――――！

尊敬する師匠だろうがもう知るか。ゲームの進行予定を音速でブッチさせた女に、みんなでギャーギャーと怒鳴り叫ぶ。

「お前ぇぇぇえッ！　パイセンテメェオラァッ！　一体なにやってくれとんじゃいオォォオオンッ!?」

『っておいおい、何をそんなにキレているんだい？　私は宣言した通り、普通のプレイヤーでもやれる範囲でやれることをやっただけなんだが？』

「普通のプレイヤーはログイン数日でクソデカコンテンツ解放しねーよッ！　くそっ、ユーリといい爆速でゲームやらないでもらえますぅ!?」

『うるさいなぁ。私のスペックを頼って刺客に選んだのだから、私ならこれくらいやると把握しておきたまえよ。その上で、最初から刺客プレイヤーは例のクエストを解放できないよう設定しておけばよかったじゃないか』

その指摘に「うっ!?」っと詰まる運営チーム。

……例の刺客イベントは彼らがほぼ思い付きで始めたものである。それゆえに、後期コンテンツとして予定していた『絶滅大戦ラグナロク』の解放制限に〝刺客プレイヤーの介入を禁ずる〟と盛り込んでいなかったのだ。

『それにだよ諸君？　ユーリくんの活躍によって一番ホットになっていたこのタイミングで、最大規模のニュースをブチ込めたんだ。

おかげで世界規模のネット祭りじゃないか。近年、ここまで盛り上がったオンラインゲームはないと思うけどね？』

「うっ、うぐぐ……たしかにそうっすけど……でもっ、自分たちの手を離れすぎた盛り上がりは危険すぎると思いますッ！」

『ほう……』

その言葉に感心する竜胆。予想外の大成功を前に、そこから起こる予想外のトラブルを懸念できるようになったあたり、彼らの確かな成長を感じる。

『言うじゃないか。で、これからどうするね？』

「……注目されるってことは悪人からも狙われやすくなるってことなので、ハッキング防止プログラムをさらに補強します」

『妥当だね。私もお詫《わ》びに手伝おうか？』

「結構です。――そして、『絶滅大戦ラグナロク』当日には刺客プレイヤーの特殊能力を一切封印。異世界の力が使えない、ただのプレイヤーとして参加してもらいますよ……！」

『ほうほう……！』

運営のその対応に、竜胆は上機嫌に頷《うなず》いた。それは何とも懐の広い判断だと。

『いいねぇ……つまりは私の参戦を許してくれるのかい？　かつてのキミらなら怒り狂って「よくも進行予定を乱しやがったな！　出禁じゃオラぁ！」って追い出してきただろうに』

「うっさいですよ。女神側の大将を出禁にしたらせっかくの盛り上がりが台無しでしょ。……アンタもＶＲゲーム最初期時代のユーリちゃんみたいな存在なんですから、ファン集めまくってせいぜいブレスキを盛り上げてくださいよ？」

『言うねぇ～。了解したよ、運営様』

半笑いながらも確かな敬意を込め、竜胆は彼らの決定に承諾した。

——こうして、最終決戦までの一週間が始まったのだった。

第五十九話　決戦までの日々

「――よぉし先輩がたッ！　みんなの武器改造は任せたぜぇーーーーーッ！！！」

『ウォオオオオーーーーーーーッ！！！』

俺の頼みに、かつて共闘した『生産職同盟』のみんなが一斉に声を上げて応えてくれた――！

ワールドクエスト『絶滅大戦ラグナロク』解放の翌日。

俺は新エリア『魔王墳墓ユゴス』内にて、さっそく決戦の準備に取り掛かっていた。

ああ、ちなみにユゴスには転移機能が存在し、解放者であるプレイヤーが所有している土地の地下に場所を移せるのだ。

というわけで、今や俺の本拠地『聖上都市ヘルヘイム』は、上の街には捕まえたモンスター9999体が自由に練り歩き、そして地下には禁忌の開発場があるという何ともカオスなことになっていた。

それに加えて、

「わーすごぉいっ！　いろんな機械があるー！　ねぇ先生がた、見てみてくださいよぉー！」

「こらこらっ、オレたちが世話になったユーリさんの前だぞ？　そんなに騒ぐんじゃない！」

　ダダっぴろい新エリアのあちこちには、ピカピカの装備を纏《まと》ってはしゃぎまわるプレイヤーたちと、そんな彼らを窘《たしな》める者たちが。

　こいつらこそ、かつて俺が遊んでやった『初心者部隊』のやつらと、その後釜たちである。

　今やあの日の初心者たちは立派な戦士へと成長を遂げ、以前の自分たちのような新参プレイヤーたちを教導しているわけだな。

「頼もしい限りだぜ。駆けつけてくれたみんな、本当にありがとうな……！」

　生産職同盟と初心者部隊のみんな。そして、それ以外にも続々と『魔王側』に付くと決めてくれた連中にマジで感謝だ！

　もちろん、ギルドの仲間には特にな！

「グリムも、ついてきてくれてありがとうなっ！」

「フッ、当然のことよ魔王殿。あの日拾ってくれた瞬間から、我はずーっと魔王殿の味方だぞ！」

　フフンッと胸を張りながら、有難すぎることを言ってくれるグリム。

　そんな彼女のさらさらの金髪を撫《な》でまくってやるっ！

「わひゃーっ!?」

「あっはっは！　マジでサンキューな、グリム！　みんなの装備の新調は任せたぜ？」

「う、うむっ！……といっても、『魔鋼武装』とやらに改造できるのは武器だけなんだがな。我は武器いじりはあんまり得意じゃないから、そっちはメガネ先輩たちに任せるしかないのだ……」

そう言って、グリムは生産職同盟（※なぜかみんなメガネでゴザル口調）のみんなを羨ましそうに見つめた。

……あぁ、たしか『魔鋼』と『神鉄』はそれぞれ魔王と女神の神気を宿した金属で、身体《からだ》に纏うと頭おかしくなって死ぬから武器としてしか使えないとかそんな設定だったっけ。

「もっと魔王殿の役に立ちたいのに……！」

うーうーと小さく唸《うな》るグリム。

そんな健気《けなげ》な仲間の頭を今一度撫でてやる。

「何言ってんだよ。ブレスキのシステムじゃ、武器は基本一つだけど装備の枠は装飾品合わせて六つもあるんだぜ？　作業量だけでいえばグリムのほうが大変じゃねーか。お前は役に立ちまくってるよ」

「魔王殿……。しかし、いくつも武器を使う魔王殿にそう言われても説得力がな……」

うぐっ!?　このチビッ子、痛いところをついてきやがる……っ!?

慰めに失敗してうなだれてしまう俺に、しかしグリムは明るい笑みを浮かべてくれた。

「ふふっ……ありがとうな、魔王殿っ！　私を励まそうとしてくれてっ！」

「ははっ、いいってことよ。大事な仲間のしょげてる顔は見たくないからな」

それに、だ。

「……今日から『ギルド・オブ・ユーリ』は、俺とグリムの二人っきりになっちまうわけだからなー」

「っ……」

寂しそうに目を伏せるグリム。

そんな彼女の肩を優しく叩《たた》き、俺はユゴス内に設置された転移門から上の街に出る。

つい先ほど――『女神側に付く』と宣言した、シルを送り出してやるためにな。

◆◇◆

「――ようシル。元気か？」

「うげっ、なんで追ってくるのよ魔王様……！」

夕暮れの中、嫌そうな顔をしたシルと再会する。

何十分か前に出ていった彼女だが、その姿はすぐに見つけることができた。

ヘルヘイムの外に広がる草原をとぼとぼと歩いていたからな。

「……お前、敏捷《びんしょう》値はかなり高かったはずだろ？　まだこんなところにいたのかよ」

「っ、うっさいわねぇ！　アンタみたいに常時突っ走ったような生き方はしてないのよっ！」

プイッと顔を背けてしまうシル。

ちなみにその服装は、出会った頃の普通の女剣士のものだ。

彼女なりのけじめなのだろう。グリムからもらったエロいけど強い装備を返却し、ギルドのアイテムや金も一切持ち出さずにシルは出ていった。

「フン……ほっとけばいいでしょうが、アタシみたいな恩知らずのことなんて……っ！」

「放っておけるか。……一緒に集まってワイワイやるとか、そういうことはほとんどなかったギルドだけどさ、それでもお前は大事なギルドメンバーだったんだ。見送りくらいさせてくれよ」

そう言って微笑《ほほえ》みかけると、シルの肩がビクッと震えた。

そうして押し黙ること数秒……夕暮れの中で彼女は目元を潤ませはじめ……。

「っ……ごめん、なさい……！　急になんの説明もなく、出ていくとか言っちゃって……じゃないと踏ん切りつかなくて……！」

ポロポロと……かつて敵だった少女は、泣きながら俺に頭を下げてきた。

「そりゃ、アナタやグリムと普通に遊んだ思い出なんてほとんどないわよ。なごやかな会話なんて一切ゼロで、いつだって『どうしたら敵を上手《うま》くぶっ殺せるか』とか、そんなことしか話してなかったわ……」

「まぁなー……」

俺をぶっ殺そうとする形で出会って、そっから変な教皇に一緒に捕まって暴れまくることになって、ギルドを組んでからは別ギルドとの抗争に向けて時間を費やして……。

ははっ、思い返してみれば血まみれの日々だな。俺たちの思い出は、常に戦場の中にしかない。

ああ、だけど――。

「だけどさぁ……楽しかったわよ、魔王様。まるで悪の組織の一員になったような日々が、アタシにとってはすごく楽しかった。アナタと出会えたというだけで、このゲームを始めてよかったと思えるわ」

「おうよ……俺もだぜ、シル。お前と出会えて本当によかった。何ならもう一度、肩を並べて戦ってみるか？」

「あらあら、お誘いありがとう。でもごめんなさい――ッ！」

泣きながら、笑いながら――シルはその手に大剣を出現させた……！

そして俺に切っ先を向け、出会った頃のような狂気の笑みを口元に浮かべる――！

「魔王様……いいえっ、ユーリッ！　アタシはアナタともう一度戦ってみたいっ！　アナタと出会って成長した今だからこそ、大好きなアナタに挑みたいのよッ！」

——そう吼《ほ》え叫ぶシルの表情は、凶悪でありながらとてつもなく美しかった。

血のように赤く鮮烈な夕日が、彼女の髪と瞳によく映えた。

「ハハハハッ……お前、最高だよシルッ！　いいぜ、やろうっ！　最高に最凶なバトルをみんなに魅せつけてやろうやッ！」

「ええ、決まりねッ！　せいぜいクビを洗って待ってなさいよっ、ユーリ！」

——夕暮れに照らされながら、今度こそシルは走り去っていった。

もう呼び止めたりなんてしないさ。

「あばよ、シル。絶対にぶっ殺してやるからな……ッ！」

どれだけ離れようと、俺たちは戦いの流血で繋《つな》がってるんだからな——！

第六十話　ガチアイドルデビュー!?　ユーリちゃん！

――最終決戦まであと六日。シルが俺の下を去った次の日のこと。

ギルド内の城の執務室にて、さぁてこれからどうするかなーと迷っていた時に、意外な人物が現れた。

「……まさかお前が味方に付いてくれるなんてなぁ、ザンソード」

「フッ、たまにはいいでござろう？」

キザな笑みを浮かべるザンソード。お客様用のソファにどっかりと座った姿は、城主の俺より堂々としている。

かつて激しくぶつかり合った渋顔の侍が、なんと俺の下に付くと言いに来てくれたのだ。最近は仲が良かったとはいえビックリだぜ。

「デカいイベントなら絶対に俺の敵になって挑んでくると思ったんだけどなぁ？」

「確かにそれも楽しいだろうな。だがしかし、かつての敵と肩をそろえるという展開は、とても燃えると思わんか？」

そう言ってザンソードはニッと男臭く笑いかけてくる。

ははっ、それって自分で言うことかよー？　まっ、全力で同意するけどさ！

「オッケーだぜ、ザンソード。どうか俺に力を貸してくれ。一緒にペンドラゴンたちをぶっ倒そうや！」

「うむっ、心得たぞユーリよ！　元より侍は仕えし者だ。此度《こたび》の戦《いくさ》は、邪悪なる魔王の懐刀となることにしよう……ッ！」

共に立ち上がり、俺たちは手を握り合う。

こうしてトッププレイヤー同士のチームアップが完成したのだった！

「んでザンソード。クルッテルオとヤリーオも味方に付いてくれるのか？」

「うむ。現状の調べでは、ほとんどの刺客プレイヤーたちはペンドラゴン側に付くようだからな。奴《やつ》らに煮え湯を飲まされたままの二人は、やる気いっぱいに協力を決めてくれたぞ」

親指で窓の外を指すザンソード。

なんだなんだと外を見てみると、件《くだん》の二人がこの街に集まってきている『魔王側』プレイヤーたちを取りまとめている姿が見えた。

「ヤツらは共にデータ収集の最中だ。集まってきた者たちの大まかなジョブやスキルを把握し、作戦立てや配置などに活《い》かすためにな」

「そうかぁ……相変わらず頼もしい連中だぜ」

俺は殺害一辺倒だからな。

敵単体を殺す戦術はぽこぽこ思いついても、敵軍全体を追い詰める戦略はちょっと出てこない。

むろん、今クルッテルオとヤリーオがやっているような細かい仕事なんてこれっっっぽっちも向いてない自信がある。

「前回のギルドイベントの時も、シルが率先して作戦を立ててくれてたんだよなぁ。今回はそのへん、お前たちに任せてもいいか？」

「応ともよ。生産職同盟や初心者部隊の連中とも協力し、共に勝利を目指す所存だ」

お～、本当に頼もしい限りだぜ……！

シルとの別れは寂しかったが、予期せぬ縁もあるものだ。改めてこいつらには感謝だな！

「そうだユーリよ。スキンヘッドについてだが、どうにも足取りがつかめなくてな……。あの放浪マッチョめ、一体どちらの味方になる気か……」

「あぁ、アイツに関してはどっちでもいいさ」

渋い顔をするザンソードに笑って答える。

そう、スキンヘッドのヤツについては敵になろうが味方になろうが構わねえよ。

「アイツがどちらを選ぶにしても、俺はその選択を受け止めるだけだからな。元気な顔を見せてくれるならそれでいいさ……」

「……妻か？」

「は？　何言ってんだよ？」

いきなりの謎発言に首を捻《ひね》ってしまう。

まぁともかく、これで指揮やらを任せられる人材は手に入ったわけだ。

武装の改良と生産は『生産職同盟』が担い、味方プレイヤーたちのレベル上げは『初心者部隊』が担当し、そしてザンソード率いるトップ勢が全体を取りまとめてくれると。

さてそうなると——。

「……なぁザンソード、もしかして俺何もしなくていい感じ？」

「ンなわけあるか」

ピシャリと否定されてしまった。

って、やっぱりそういうわけにはいかないか。ペンドラゴンとマーリンに担ぎ上げられた形ではあるが、今や俺は『魔王側』の大将なんだからな。

「ユーリよ、おぬしはこちら側の最大戦力にして心の柱だ。絶対に倒されないためにも、以前にも増して戦闘力の強化に努めるようにッ！」

「そりゃ言われるまでもない。だけど、それだけじゃダメなんだろう？」

「うむッ！　今回の戦いにおいては、いかに最終決戦までにプレイヤーを掻《か》き集められるかに勝負がかかっている！」

ぬぬぬ……そりゃあたしかにそうだなぁ。

数の差があろうがギルドコアを先に壊せばよかった前回のイベントとは違い、今回は文字通りの絶滅大戦だ。

先に相手側を全員ぶっ殺さなければいけない以上、プレイヤー比はとても重要になる。

「そこでおぬしには大将として、プレイヤー集めのためにあることをやってもらうぞッ！」

「おうよっ、なんだってやってやるぜーッ！」

あることってのがなんだか知らんが、これまで数多《あまた》の困難を乗り越えてきた俺だ。

勝つためだったら何でもするぜ――ッ！

「で、何をやればいいんだ⁉」

「うむ。それは――アイドルライブだぁあああああ――――――――――ッッッ！」

「って絶対にやらねーよバァァァカッ！！！」

ふざけたことを叫ぶクソアホを殴り飛ばすッ！

いやアイドルライブってなんだよマジでっ⁉　誰がそんな羞恥プレイかますかアホ――――――ッ！

第六十一話　開幕ッ、モンスターパレード!!!

「――うーむ、プレイヤー集めかー」

ザンソードを殴り飛ばした後のこと。

ヘルヘイムの街に飛び出した俺は、歩きながら先ほどの会話を思い出していた。

「アイドルライブってのはまぁ却下だな。アイツ絶対にゲームやアニメの知識からテキトーに言いやがっただろ」

そりゃあ目立てはするだろうが、集客に使うんなら歌もダンスもそれなりに鍛えておかなきゃ恥ずかしいヤツで終わっちまう。

なにせ決戦まで六日しかないからなぁ。そんな貴重な時間をバトルに関係ないことに使えるか。

「だけど、人を集めるために手を打たなきゃダメなのも事実だよなぁ。今ある手札でパパっと客を集めるにはどうしたら……」

と、その時だった。何やら街の一角から『キャーカワイイーッ！』と黄色い声が飛んできたのだ。

なんだなんだとそちらに向かうと……。

「ねぇ見てこのネズミモンスター！　全身黄色で超キュートー♡」

「こっちのタヌキモンスターのお腹《なか》に袋があって可愛《かわ》い〜♡」

「あー！　あのネコちゃんなんてポップコーン作ってるー！」

そこには、ちっちゃくて可愛い小型モンスターたちにメロメロな女性プレイヤーたちの姿があった。

さらには改めて街のあちこちを見てみると、道を練り歩く大型モンスターを「おー！」と見上げる男性プレイヤーや、おっかなびっくりモンスターたちに触れようとする子供プレイヤーの姿が。

「っ……そっか……！　サモナーである俺にとっては、モンスターを間近で見れるなんて当たり前だ。だけどほとんどのプレイヤーにとってはめちゃくちゃレアなことなんだ……！」

フィールドで出会ったら殺し合い一択だもんな。

いくら見た目が可愛かろうが、安全に見ることなんて出来るわけがない。

だけど俺によって飼いならされた使い魔モンスターたちなら、触ることだって……！

「――いいことを閃《ひらめ》いたぜッ！　さっそくサモナー仲間たちに相談だっ！」

かつては不遇と笑われていたサモナーのプレイヤーたち。

だが、そんな境遇を俺が最強になってぶっ飛ばしてやったことで、ほとんどのサモナーが感謝の証《あかし》として『魔王側』に付くと言ってきてくれた。

そんな彼らの力を借りまくるとしよう。

「たしかモンスターの譲渡って出来たよな。それに召喚モンスターはパーティ枠を食い潰すことから12体しか連れ歩けない制限も、たくさんのサモナーたちと協力すれば……よーし！」

思いついたら即行動だっ！

俺はいつのまにやらパンパンになったフレンドリストを開き、片っ端からサモナーたちに連絡を入れていった――！

◆◇◆

――かくして数時間後。俺はサモナーたちの協力も仰ぎ、『初心者の街』にて突発イベントを開いていた！

捕まえたモンスターの内の一体『インペリアル・ドラゴン』の頭部に乗り、道行くプレイヤーたちに吼《ほ》え叫ぶッ！

「さぁ見るがいいッ、お前たちッ！　これが魔王軍の大軍勢だァーーーーーーーッ！！！」

『ガァアアアアアアアアアアアアアアアーーーーッツッ！』

俺の一声に応え、何百体ものモンスターの群れが大行進を開始する──！

全身から棘《とげ》を生やした巨大昆虫『ジェノサイド・ビートル』が、十メートル以上の巨体と灼熱《しゃくねつ》の身体《からだ》を誇る溶岩巨人『ラヴァ・ギガンテス』が、全身が酸と毒液で出来た凶悪粘体『ヴェノムキリング・スライム』が。他にも他にも比較的巨大で怖くてとにかく目立つモンスターたちを率い、『初心者の街』を練り歩く！

「なっ、なんだこりゃーーーーっ!?」

「やっっべぇ……ッ！　こんなモンスターの群れ、勝てるわけがねぇだろ……！」

「うおッ、先頭のドラゴンの頭に立ってるのって、『魔王側』の大将ユーリさんじゃねぇか！　動画で見たぜ！」

驚愕《きょうがく》と畏怖に震えるプレイヤーたち。

突然始まった恐怖のモンスターパレードに、何万もの人々が釘付《くぎづ》けとなる。

「そうだッ、よぉーく見ておけよお前らッ！　そしてじっくりと考えな！　もしもテメェらが『女神側』のプレイヤーとなるなら、こいつらによって貪り喰《く》われて死ぬだろうッ！

だがしかしッ、俺の仲間になるんだったら全てのモンスターがお前らの味方だ──ッ！」

その瞬間、再び咆哮《ほうこう》を張り上げるモンスターたち。

魔の軍勢の叫びが街中にこだまし、多くのプレイヤーたちが息を呑《の》んだ。

──さてさて。これで十分に『魔王側』の脅威は伝わったことだろう。

注目を集める方法なんて簡単だ。とにかく怖くて圧倒的で、巨大な力を派手に見せつければいいんだよ。

その上で敵対者への脅しと支持者への甘言を吐いてやれば、人々の心は大きく揺らめく。

まっ、ただそれだけじゃあ『怖くて嫌だ。敵も味方もしたくはない』って層も出てくるからな。

恐怖と力を見せつけた後は、ポップで楽しくしてやろうじゃないか――――！

『うささっ――――――――――――――ッ！』

「「「ってうわぁあああっ!?」」」

次の瞬間、プレイヤーたちの足元を無数のチビたちが駆け抜ける――――！

そいつらは一斉に凶悪モンスターたちの身体などに登り、みんなに向かって手を振った。

「かっ、かわいいぃ……！」

「あいつらって、ボーパルラビットとかピンクスライムとかか!?」

「あんなのも仲間にいるんだぁ……！ってうわ、オレの頭に乗ってきた!?」

立ち竦《すく》んでいた状態から一転、たちまち表情を緩ませていくプレイヤーたち。

――そう。俺は第二手として、チビカワモンスターたちを街のいたるところに潜ませていた！

こいつらは知能も低いので勝手なものだ。ざわざわと騒ぐプレイヤーたちのところに飛び出し、『俺を抱きなッ！』『撫《な》でるがいい人間どもッ！』と不遜にも自分から愛されに行くヤツらが多くいた。

だがそれでいい。

プレイヤーたちは突然のことに戸惑いつつも、モンスターとの触れ合いという中々できない経験を楽しみ始めた。

そんな彼らへと言ってやる。

「さぁお前たち。俺たちが支配する街に来れば、どんなモンスターも触り放題の撫で放題だ。カッコいいモンスターに乗せてやることだって出来るし、サモナーだったら好きなモンスターを譲ってやることだって出来る！　もちろん、アイテムの譲渡だって溺れるくらいにしてやるぜーっ！」

『おっ、おぉおおおぉぉお……っ！』

俺の言葉に多くのプレイヤーたちが目を輝かせた。

ちょうどアイテムも前回のイベントで十万個以上収集しまくったからな。死蔵するくらいならここで大盤振る舞いしてやるぜ！

――かくして、俺のモンスターパレード作戦は大成功に終わった！

この光景は動画にも撮られてネットに流れ、翌日には山ほどのプレイヤーたちがヘルヘイムの街に駆けつけてくれることとなった。

……なお、ほとんどのプレイヤーはモンスターたちの凄《すご》さとアイテムの甘言に釣られて集まってくれたのだが、ごく一部の者は『先頭に立ったユーリさんの顔が好みすぎて来ましたッ！』『下からパンツ見えてましたよ！』というクッッッソくだらない理由で味方することを決めたのだとか。

出てけお前らはッッッ！！！

第六十二話　ぐいぐい迫るなザンソードくん！

「結局やったではないかッ、アイドルっぽいことッ！　これからは拙者をプロデューサーと呼ぶがいい！」

「呼ばねえよ馬鹿！」

――最終決戦まであと五日。

初日と二日目を役割の振り分けやら宣伝やらに費やしたところで、ようやく自由な時間が出来た。

さてこれで修業出来るぞ――と思ったのだが、ログインした途端にザンソード（※なんかいつもログインしてる）がやってきて、「共に『初心者の街』に行くぞッ！」と引っ張ってこられた。

聞くところによると、『絶滅大戦ラグナロク』を前に運営主催の演出イベントをやることが決定したとか。

……というわけで俺は無理やりに手を引かれ、人がぎっちりと詰めかけている街中に連れ込まれてしまった。

「せっま……。なぁザンソード、運営によると例のイベントって後から動画配信で見られるらしいし、わざわざ立ち会う必要あるのかよ？　あといい加減に手を放せ」

「むむッ、何を言うかユーリよ！　この手のイベントはリアルタイムで見るからこそ一番楽しいのではないか！　他の見物客どものウザさも暑苦しさも、ライブでブチ上がるためのスパイスよっ！」

「いやライブとはちょっと違うし、あんま人混みの中で立ってるのは好きじゃないんだよ。満員電車でよくケツ触られるからそれを思い出しちまうし。そしていい加減に手を放せ」

「大丈夫だ、おぬしのことは拙者が守る。さぁ、そろそろ始まるぞ！」

「ってだから手ぇ放せオラッ！」

くっそ、筋力値ゼロのせいで振り払えねえっ！

そうこうしている内に空が暗くなり、『初心者の街』が闇に覆われ始めた。

結局俺はザンソードと手を繋《つな》いだまま、イベントの時を迎えてしまう（こいつ何なの!?）。

『――人々よ。ついに恐れていたことが起こってしまったッ！』

その時だ。突如として天空より稲妻が走るや、空中に冠を被《かぶ》った偉そうな爺《じい》さんが現れた。

……ってあいつ、たしか国王オーディンじゃねえか。中にヘイト運営が詰まってる敵《ヴィラン》だ！

「降りてこいやゴラーッ！　俺がぶっ殺してやらぁあああッ！」

『っ!?　ぁっ、ああ人々よッ、聞いてくれ！　とある邪悪なる者の手によって、世界のど

こかに封じられていた魔王の墳墓が掘り起こされてしまったのだッ！』

俺の開幕殺害宣言をスルーし、大げさな手ぶりで喚《わめ》き始める国王オーディン。って誰が邪悪だコラ。

『なんと恐ろしい事態だろうか……！　魔王の墓にはかつて世界を崩壊寸前まで導いた禁断の技術が収められており、すでに多くの戦士たちがその闇の力に身を染めておる。このままでは世界は荒れ果ててしまうかもしれん。

――だがしかしッ！！』

次の瞬間、オーディンは暗き空へと拳を突き上げた。

すると暗雲が一気に裂け、天空より黄金の光が差し込んでくる。

『絶望するにはまだ早いッ！　魔王の力の氾濫《はんらん》を受け、地母神の力を宿した大霊樹もまた目を覚ました！　神は我々を見捨ててはいなかったのだァッ！』

その演出を見て「おぉーっ」と叫ぶプレイヤーたち。

多少チープではあるが、まぁ語り口も悪くはないからなー。

……ただ俺たち魔王サイドが完ッ全に悪者扱いなところが、今後の集客に影響しないか気になるが。

『――世界は再び二分された。これより五日後、闇と光の全面戦争が巻き起こることになるだろう。

さぁ、善なる者よ。女神の導きを受けるがいいッ！　そして邪悪なる者よ。魔王の残滓《ざんし》を欲望のままに喰らうがいい。どうせ貴様らは滅びる定めだッ！

全ての選択は諸君らに任せる。どうか最終決戦の時まで、悔いなき日々を過ごしたまえ――！』

堂々とした演説を終え、国王オーディンは天に昇っていく。

かくしてその身が完全に消え失《う》せた瞬間、俺たちの目の前に巨大なメッセージウィンドウが現れた。

・いよいよ五日後、『絶滅大戦ラグナロク』の開幕となります！
細かなルールはありません。メニューウィンドウに記載した通り、どちらかの陣営を殲滅《せんめつ》したほうの勝利となります！（戦闘後、死亡した使い魔・協力ＮＰＣの補完は前イベント通り行わせていただきます）
善なる『女神側』に与《くみ》するか悪《あ》しき『魔王側』に下るか、どうか大戦までにお決めください。
そして勝利した陣営には、全プレイヤーに対して特典アイテムの贈呈が行われますので、皆さまぜひぜひ奮闘を！

……そんな補足説明を最後に、演出イベントは終了するのだった。

空の色が戻るのと同時に騒ぎ始めるプレイヤーたち。誰もが「お前どっちに付く!?」「今どっちが有利なんだろうな!」と陣営の品定めを開始した。

「うぅん……さっきの演説、どう思うよザンソード。あといい加減に手を放せ」

「うむうむ……設定上仕方ないとはいえ、悪役扱いされたことがどう響くか気になるでござるな」

そこだよなー。まぁ俺も先日は、完全に魔王軍のロールでモンスターパレードなんてやっちまったけどさ。

となるとアレだな。もう悩むだけ無駄か。むしろ徹底的に凶悪さを全面に出して、ダークな雰囲気が好きな連中を丸々取り込んでやるか!

「よーし、開き直ったぜザンソード! 正義の戦士なユーリくんだが、期間限定で悪の魔王になりきってやるぜッ!」

「は？ 期間限定どころか年がら年中凶悪ではないか」

「ってうるせーよ！ あとマジで手ぇ放せオラーッ！」

脛《すね》をゲシゲシ蹴ったことでようやくザンソードは手を放してくれた。

ホントわかんねーヤツだなぁこいつ。なんかクルッテルオがこっそり教えてくれたんだが、『スキンヘッドが消えたとわかって、アイツめちゃくちゃハッスルしてるわ。気を付けて』とのこと。

……一体どういう意味なんだろう。俺の最高の男友達が消えてハッスルするとかマジで意味が分かんねーよ。

「ユーリよ……スキンヘッドのいない寂しさに耐えられなくなったら、いつでも拙者の下に来るがいい……ッ！」

「いや別に寂しくねえよ。心はいつでもつながってるからな」

「グハッ!?　やはりあのハゲ手ごわいッ！」

謎のダメージを受けてへたれ込むザンソード。顔は渋いのになぜかどうにも残念なやつだ。

はたしてコイツに味方の指揮やらを任せていいのかと、俺は今更ながらに考え始めたのだった。

◆　◇　◆

「ふぅーっ、ようやく解放されたぜー」

運営主催の演出イベントの後のこと。

俺はやたらと絡んでくるザンソードを追っ払い、街の外へと逃げていた。

ウル太郎に乗って『初心者の街』付近の草原を横断していく。

「ここらへんも懐かしいなー。ログインしたての頃は、ザコモンスターのホーンラビットを狩るのにも苦労したっけか」

風を切りながらかつてのことを思い返す。

あの時は本当に最弱無双だったっけか。

ポン太郎こと『リビング・ウェポン』を気合いで倒して仲間にして、それでようやくまともに戦えるようになったんだよなー。

「技の一つも使えなかった頃が懐かしいや。あの時に比べたらずいぶんとごつ盛りになったもんだ……」

確認もかねて今の自分を見直すことにする。

ステータスオープンっと。

名前　：ユーリ
レベル　：86
ジョブ　：ハイサモナー
セカンドジョブ　：バトルメイカー
使用武器　：弓　刀剣　大剣　槍《やり》　鎌　盾　呪符

所属ギルド：『ギルド・オブ・ユーリ』（ギルドマスター）

カルマポイント：126万1140（超極悪）

ステータス

筋力：0　防御：0　魔力：0　敏捷《びんしょう》：0　幸運：950×3×2＋95＋1200

＝『6995』

スキル

ステータスアップ系スキル：【幸運強化】【逆境の覇者：HP1のため発動状態。全ステータス2倍】

食いしばり系スキル：【執念】

ダメージアップ系スキル：【致命の一撃】【真っ向勝負】【ジェノサイドキリング】【非情なる死神】【アブソリュートゼロ】【異常者】

武器回収系スキル：【ちゃんと使ってッ！】

使い魔補助系スキル：【魔王の眷属《けんぞく》】【魔の統率者：限定スキル①】

その他アバター強化・システム拡張系スキル：【神殺しの拳】【魔弾の射手】【魔王の波動】【魔王の肉体】【悪の王者】【武装結界：限定スキル②】【紅蓮《ぐれん》の魔王】【冒瀆《ぼうとく》の略奪者】【死の商人】【万物の王】

固有能力

【調教】【キマイラ作成】【召喚】【禁断召喚】【巨大モンスター召喚】【生産】【運搬】

【転送】【武装百般】

装備

・頭装備『怨天呪装・闇飾り』(作成者:フランソワーズ　改変者:グリム)
装備条件:プレイヤーの筋力値・魔力値・防御値・敏捷値全て半減　MP+300
　　　　　幸運+400
装備スキル【大天狗《だいてんぐ》の申し子】:天魔流アーツの使用MPを半減する。
限定装備スキル①【六道魔界の後継者】:異世界のアーツ〝修羅道呪法『斬魔の太刀』〟
〝餓鬼道呪法『暴食の盾』〟〝獄道呪法『断罪の鎌』〟〝人道呪法『欲望の御手《みて》』〟〝天道
呪法『衰弱の矢』〟〝畜生道呪法『禁断の猛火』〟が使用可能となる。※アーツに対応
した装備が必要となります。
・体装備『怨天呪装・闇纏《まと》い』(作成者:フランソワーズ　改変者:グリム)
装備条件:プレイヤーの筋力値・魔力値・防御値・敏捷値全て半減　MP+300
　　　　　幸運+400
限定装備スキル②【騎士王への反逆者】:残りHPが30%以下の時、異世界のアーツ
〝『業炎解放・煉獄《れんごく》羅刹』〟が使用可能となる。
・足装備『怨天呪装・闇廻《めぐ》り』(作成者:フランソワーズ　改変者:グリム)
装備条件:プレイヤーの筋力値・魔力値・防御値・敏捷値全て半減　MP+300

幸運＋400　マーくん憑依《ひょうい》状態
限定装備スキル③【大悪魔の祝福】：残りHPが30％以下の時、異世界のスキル〝【憤怒の意志（調整版）】〟の効果を適用。消費MPが三分の一となる。
・武器：『初心者の弓』　装備条件なし　威力1　ポン十一郎憑依状態
・装飾品：『呪われし姫君の指輪』（HPを1にする代わり、極低確率でスキル再発動時間ゼロに）『邪神契約のネックレス』（HP1の時、幸運値三倍）『耐毒の指輪』（低確率で毒を無効化）

「……本当にわけがわからなくなったなッ！」

見てて目が痛くなってしまうようなステータスだ。

これに加えてアーツのほうもものすごい。バトルメイカーの固有能力【武装百般】により大量の武器とそれを使った基本アーツが使用可能になった上、師匠NPCたちのところを巡って大量のオリジナルアーツをゲットしたからな。

「えぇと、天狗仙人の『天魔流弓術』に戦士長レオの『獅子《しし》王流大剣術』に流浪人ガロの『狼王《ろうおう》流刀剣術』に騎士ライノスの『犀《さい》王流槍術《そうじゅつ》』に、うさぴょん師範の『特殊行動系アーツ』に……はははっ、もう多芸すぎてわけわかんねーや！」

思わず笑い飛ばしてしまう。

いよいよ自分でも己がアバターの力を発揮しきれるか分からなくなってきた。

もしかしたら残り五日はレベル上げにのみ努めたほうがいいかもしれない。これ以上手を増やすのは、自身の混乱を招くだけなのかもしれない。

——だけど。

「へへッ……20万人以上のプレイヤーがいる舞台で暴れまわるんだ。だったらみんなを飽きさせないよう、スキルもアーツも新たな武器もっ、もーっと詰め込んでやるぜッ！」

ウル太郎のお尻をペシペシ叩《たた》いて爆走させる。

そうして吹き荒れる風の中、俺は先日のモンスターパレードの事を思い出した。

世界中からログインしてきた数えきれないほどの新規プレイヤーが、かつて最弱だった俺を憧れの目で見てくる光景を。

——そんな連中の期待を裏切らないためにも、制御しきれる程度の多芸さで満足して堪《たま》るか。

こうなったら自分でも訳が分からないくらい何でもアリな身体《アバター》を作り上げて、誰も敵《かな》わない存在になってやらァッ！

「そうと決めたら……よしッ、まずはマーリンの教えてくれた使い魔の特殊進化ってヤツを試してみるか！

ウル太郎、この近くにある『死神の地下墳墓』ってところに向かってくれ。進化に必要な要素は、進化させたいモンスターの出生の地にあるかもって話だからなっ！」

『ワオーンッ！』

元気に吠《ほ》える愛犬と共に、かつて攻略したホラーモンスターの聖地へと突っ走る。

モンスターの特殊進化に、三つしかセットできないという限定スキルの三つ目の獲得に、武器の『魔鋼』化にその他もろもろ……出来ることはまだまだ多すぎる！

俺はさらなる力を得るべく、青き草原を駆け抜けていった——！

第六十三話　ジメジメして狭いよ、コリンちゃん!!!

──はいというわけでやってきました『死神の地下墳墓』ッッッ!!!!!!!!

初心者の草原のすげー近くにあるクセにタフなゾンビモンスターや空飛ぶリビング・ウェポンがたむろする悪辣ダンジョンです!!!

外観は朽ちた遺跡みたいでなんかイイ感じですが、地下へと続く階段を下りると暗いし狭いしジメジメしてるしマジ最悪ですね!!!　住んでるやつらの気が知れないッスワーーーーーッ!!!

「そこのゾンビくん住み心地はどうですか!?」

『ウガーッ!　ウガガガガーッ!』

「なるほどありがとうございます!!!」

何言ってんのかわかんねぇよ死ねぇッ!

つーわけで寄ってくるゾンビどもを【武装結界】の武器射出でぶっ殺しながら、奥へ奥へと進んでいくぜよ!!!　フンフンフッフーンッ!

──かくして無双しながらスキップで進む俺の姿に、後ろでビクビクしてる戦友が苦言を呈してきた。

「……ユーリさん、なんでそんなハイテンションなんですか?　ここめっちゃ怖いのにおかしいですよぉ……！」

俺の背中に隠れながらちっちゃな猫耳を震わせるロリ忍者。

……そう。意気揚々と地下墳墓に向かっている途中で、俺はコリンに出会ったのだった！

「なんだよコリン、お前ホラー系が苦手なのか？　じゃあなんでこんなダンジョンに向かってたんだよ？」

「あー……実は欲しい装飾品があるのですが、それがアンデッドモンスターからしか出ないレアドロップなんですよねぇ……」

すごく嫌そうな顔をするコリン。

なるほどなるほど、そういう事情でここに来たのか。

ＶＲゲームってのは全てがリアルに感じられるのがすごいとこなんだけど、ホラー系のダンジョンなんかの恐怖感もマシマシになっちまうのがちとネックだよなぁ。

怖がりなプレイヤーにとっては上級ダンジョンよりもしんどいだろう。

「で、なんでさっきからユーリさんは元気なんです？　ホラー好きなんですか？」

「いやいや、俺も不気味には感じるぜ？　ただこのダンジョンには昔すっごくお世話になったからさぁ……」

このダンジョンでＨＰを１にする装飾品『呪いの指輪』を手にしなかったら、俺は最強にはなれなかっただろう。

あれこそまさにブレイクスルーだった。幸運値以外のステータスだけでなくHPも犠牲にしたことで、死にかけの時にしか使えないスキルをいくつも発動するスタイルに到達できたんだよなぁ。

敏捷値を補正してくれる憑依モンスター『リビング・アーマーナイト』とも出会えたし、マジで感謝しかねンだわ。

「例えるならここは、俺の故郷みたいなものなんだよなぁ……」

「いやいやいやいや、墓場が故郷ってイヤすぎでしょ……」

めっちゃ引き気味な顔をするコリン。そんな彼女を引き連れ、さらに奥へと向かっていく。

うーん。モンスターを仕留めまくってるけど、今んところ特別っぽいアイテムは出ないなぁ。

「それでユーリさん。元気な理由はわかりましたけど、どうしてまたこのダンジョンに？ここって適性レベル15くらいですよね？」

「あぁ、俺もアイテムを探しててな。なんか特殊進化っていうのがあってさ、ポン太郎たちやアーマーナイトをさらに強くできないか温故知新してるわけだ」

「特殊進化……たしか特定のアイテムをモンスターに捧《ささ》げたりすることで起きる進化でしたっけ。今のところ実例はないらしいですし、ガセネタっぽいですよそれ？」

「マジで!?」

う、うーん……たしかに教えてくれたマーリンのヤツも、『特別なアイテムを使うことで二段進化する子もいるって噂も』──って言ってたもんな。決して断言はしていなかった。

……だがしかし、だ。

「よし決めたッ、やっぱり探してみるぜ！」

「えっ、なんでです!? 最終決戦まで時間がないのに、なんで眉唾ネタの追っかけなんて……」

「──だからこそ、だよ。実際にある確証はないが、ガセだっていう根拠もないだろ？　そんでマジで特殊進化があった場合、きっと条件が隠されてた分だけものすごい力が手に入るんじゃないか？」

「っ!?　!?」

なかば賭けみたいなもんだが、勝算はそこそこあると推測している。

なにせ、天狗仙人っていう殺意を向けられることで最終奥義を教えてくれるようなキャラを用意した運営だ。

〝全部のモンスターがレベルで進化なんてつまんなーい！〟とか言って、隠れ進化設定を盛り込んでいる可能性は十分にあるだろうが。

「な、なるほど……思えばユーリさんって、不遇要素のグチャグチャミックスとか前人未到の道を切り開いてきたからこそ強くなれたんですもんね。相変わらず安定志向なわたしとは違うなー……」

なぜか遠い目で俺を見てくるコリン。そんな彼女のネコミミ頭をわしゃわしゃ撫《な》でる。

「わひぃっ!? ユ、ユーリさん!?」

「ははは、コリンだって魔力ゼロのくせに魔法使いのセカンドジョブを選択したって話じゃないか。お前も結構おかしいと思うぜー?」

「うぐっ!? そ、それについては事故で使えるようになったようなものでして……っ!」

「そうなのかー? まぁとにかく俺は探索を続けるから、お前も早いとこゾンビ狩れよー」

「ってわぁっ! おいてかないでくださーいっ!」

わたわたと慌てるネコミミ忍者を連れ、薄暗い道を突き進んでいく。

――こうして俺とコリンの、出会った時以来のダンジョン探索が始まったのだった。

◆◇◆

「――うぇーんっ! もう帰りたいよぉーっ!」

「泣くなコリン! 泣いたらもっとゾンビどもが襲ってくるぞっ!」

「うわああああああああんっ!」

ホラーダンジョン『死神の地下墳墓』に潜ること十数分。

俺は完全にメンタルが折れたコリンの手を引き、薄暗い道をうろちょろとしていた。

「まぁ俺も余裕ないんだけどさぁ。どれだけモンスターを倒しても特別なアイテムは手に入らないし……」

こっちもいい加減に疲れてきたぜ。

同じような道をグルグル歩いて、キモいゾンビどもをぶっ飛ばしまくって……だけど特殊進化の手掛かりは一切ゼロ。

もしかしたらどこかに隠しエリアでもあるんじゃないかと壁を攻撃しまくったりもしたが、『※ダンジョンは破壊不能オブジェクトです』という一文が表示されておしまいだ。

やってらんねー。

「そっちはどうなんだよコリン？　お前もちょろちょろゾンビを狩ってるけど、『呪縛の指輪』は出たか？」

「うっ……それがまだ……」

しょぼーんと猫耳を下げるコリン。

そう。こいつが探していたレアドロップというのは、なんと俺を覚醒させてくれた『呪縛の指輪』だったのだ。

あ、もちろん俺はそんなの36個も持ってる。一応珍しいアイテムとのことだが、幸運値極振りのおかげでポコポコ出まくるからな。俺の強みの一つだぜ。

「……やっぱり一つやろうか、コリン？」

「いいえ、施しは受けられませんよユーリさん。――だってわたし、もう『女神側』のプレイヤーになっちゃいましたから」

そう言って彼女は手にした短刀を見せつけてきた。

その刀身は神秘的に輝き、柄《つか》の近くには青き魔力光の零《こぼ》れる魔法紋が。

……これが女神ユミルの神気を宿した特殊ウェポン『神鉄武装』ってわけだ。

「そっか……改めて残念だぜ。ザンソードだけじゃなくて、お前とも共闘してみたかったんだけどな」

「ごめんなさい。でもこちら側にやってきたシルさんと同じく、わたしもユーリさんにリベンジしたかったですから……！」

ははっ、どうやら俺はずいぶんとモテモテらしい。

こりゃあ俺との対戦目当てで『女神側』に付くプレイヤーがだいぶ多くなりそうだな。

あぁ、まったくもって嬉《うれ》しい限りだぜ……ッ！　全員全力でぶっ殺してやるよ……！

「了解だコリン。でも今日くらいは仲良くやろうぜ？」

「はいっ！　お互いに戦力アップを目指して頑張りましょーっ！」

――こうして俺たちは、殺し合う約束をしつつも仲睦《むつ》まじく墳墓を歩いていったのだった。

◆
◇
◆

「……やっぱりなんもないわぁ」

「こっちも全然出ませーん」

それからさらに十数分。

結局何も進展はなく、俺たちは道の隅っこに腰を下ろした。

あたりにはバラバラになったゾンビの破片が飛び散っているが、コリンのほうもいい加減に恐怖感が麻痺《まひ》してしまったらしい。平気そうな様子で「はぁーっ」と深く溜《た》め息《いき》を吐《つ》いた。

「キモいゾンビたちをチマチマ狩るのもしんどいですし……ねぇユーリさん、提案があるんですけど」

「ああ、俺も言おうとしてたところだ」

そうして俺たちは、目の前にデデンッと鎮座した『ボスエリア』への扉を見た。

そう。よく考えてみたら、この部屋は全く探っていなかったからな。以前ボスの『リビング・アーマーナイト』を倒した時にはもう疲労困憊《ひろうこんぱい》で、さっさとログアウトして寝ちまったし。

「思えばボス部屋って探ったことないよな。ボスモンスターが生きてる内は余裕なんてないし、終わったらダンジョンの入り口までの転移機能が使えるようになるから、自然とすぐに脱出しちまうし」

「ですねー。こちらとしても、ザコアンデッドを何体も狩るよりボスモンスターを倒したほうがドロップ率高いかもって思ってましたから。ちゃちゃっと捻《ひね》ってやりますよーっ！」

珍しく自信いっぱいな様子のコリン。

まぁレベル50以上の彼女と比べて、アーマーナイトのレベルはたしか20もないくらいだったからな。今ならワンパンで終了かもだ。

「よし、じゃあコリンはボスのコリンはボスの相手を任せた。その後は俺が部屋を見て回るって形でいいな？」

「オッケーですっ、任せてください！　動く鎧《よろい》の1体くらい、強くなったわたしの力でちょちょいのちょいですよー！」

胸を張りながら「ばっちこーいっ！」と叫び、コリンはボス部屋の扉にタッチした。

そうして開かれる重厚な扉。その奥に広がった長く暗い道を、彼女はずんずんと進んでいく。

俺もその後ろに続いていくのだが……って、あれぇ？

「俺が前に来た時には、すぐにアーマーナイトの待ち構えた広間があったような……」

「そうなんですか？　まぁボスを変更したなんて話は聞きませんし、どうせアップデートでちょっと部屋をいじったとかそんなんでしょ」

「かなぁ……？」

大して気にした様子もなく、コリンは先頭を歩き続ける。

つい数十分前までは泣きまくってたのにえらい違いだ。

「フッフーン！　ゾンビは怖くて嫌いですけど、動く鎧なら怖くもキモくもないですからねー。約束通り、さくっと仕留めてあげますからご覧あれ～♪」

――かくしてそれから数十秒。

ひたすら続く暗黒の道を、ただ真っすぐに歩き続けた――その時ッ！

『ギュゥガァアアアアァアアアアアアアアアアアアァアアアアアアアアアアァァアアアアアアアアア――ッッッ！！！』

「ってぴゃぁっ!?　な、なにがぁっ!?」

突如として、鼓膜が破れそうになるほどの咆哮《ほうこう》が俺たちへと降り注いだ！

怖がるコリンに抱き着かれながら、俺は即座に周囲を警戒する……！

そして、次の瞬間。

部屋中に青い炎の玉が浮かび上がり、その不気味すぎる輝きによって俺たちは敵の存在に気が付いた――！

・隠し条件達成：カルマ値マイナス1万以上＋レベル75以上かつ『リビング・アーマーナイト』をテイムした状態で、再度『死神の地下墳墓』のボスエリアに足を踏み入れること。
パーティメンバー：ユーリが上記の条件を全て達成しました。
よってこれより隠しボスモンスター：『死滅凱虫《がいちゅう》アトラク・ナクア』との戦闘を開始します――！

「なっなっなっ、なんですかこれぇぇぇぇぇぇ――――――――――ッッッ!?」

頭上を見上げて絶叫を上げるコリン。

今回ばかりは、俺も思わず腰が抜けそうになってしまった。

なぜなら上には、約数千体もの『アーマーナイト』を毛髪のように生やした何百メートルもの巨大蜘蛛《ぐも》がいたのだから――！

死肉に湧いた蛆虫《ウジムシ》のように蠢《うごめ》く黒き鎧たちが、赤い瞳で一斉にこちらを睨《にら》みつけてきた……！

「――よし、約束だぞコリン。お前がアイツをぶっ倒してこいッ！」

「って無理ですよぉおおおおおおおおおお――――――――――――――――――ッッッ!?」

……敵の咆哮にも負けないくらいのデカい悲鳴が、地下墳墓に響き渡ったのだった。

第六十四話　激闘ッ、『死滅凱虫アトラク・ナクア』

「わぎゃああああああああああああじぬぅうううううううううーーーーーーーーーーーッッッ！！！」

悲鳴を上げるコリンと共に、ボスエリア中を駆け回る――！

いやぁーマジであのボス頭おかしいわぁっ！　巨大さとかビジュアルとかももちろんやばいんだけどさぁ……。

「何よりもおかしいのが攻撃方法だよなぁ。なんだよ、『アーマーナイト』をガトリングガンみたいに射出してくるって……！」

『ギュギガギャァアアァアアーーーーッ！』

咆哮を上げながら巨体を震わせる『死滅凱虫アトラク・ナクア』。

次の瞬間、ヤツの全身から生えている『アーマーナイト』たちが俺とコリンめがけて降り注いできた！

「ははははは！　コリン、次来るぞーー！」

「ってなんで笑ってるんですかユーリさん!?」

「いやもうあんなの笑うしかないだろ！　ボスモンスターを無限射出とか意味わからんってて！」

両手に双剣を顕現し、涙目のコリンと共に黒鎧どもを斬り払っていく。

幸いというべきか、『リビング・アーマーナイト』自体のレベルは特別上がっていないらしい。

数十レベルの実力差によりコリンも対処できている。

――だがしかし、このままだと間違いなく押し切られるな。

『アトラク・ナクア様、守る……！』

『我らが母胎……ダンジョンの守護神……！』

『亡き魔王様の大幹部――傷付けさせないッ！　アーツ発動、邪剣招来――！』

地に放たれた黒鎧たちが、虚空より無数の『リビング・ウェポン』を射出させてきた！

宙《か》を翔ける漆黒の剣軍。それによってコリンは全身を傷付けられていき、俺も斬り払うのに四苦八苦する。

「なっなっ、なんで無限に湧いたモンスターが、さらにモンスターを生み出してくるんですかぁ!?」

「あーそういえばそんな戦い方してたなぁ『アーマーナイト』。今思うと俺の戦法に近くて親近感覚えちゃうな」

「んなこと言ってる場合ですか！」

こんなんチートじゃボケーッ！っと騒ぎまくるコリン。

まぁたしかにやばいな。上の蜘蛛から黒鎧が無限に現れ、またそいつらが無限に黒剣を召喚するとなれば、倍々ゲームであっという間に億単位の軍勢の完成だ。

幸いにして野球ドームくらい広いここのボスエリアも、この調子なら数分とせず埋め尽くされてしまうだろう。

「うぅ……こんな相手ならもっと速攻で攻めておくべきでしたね……！　どんどんフィールドが敵で埋まっていってますし、もうわたしたち詰んでたり……？」

「ハッ、馬鹿言え。むしろここからが練習になるんじゃねぇか……ッ！」

「なっ、練習!?」

そう。どうせ俺たちは五日後に20万人規模の大戦に参加するんだ。

だったら超大量のヒト型の群れに襲われるって経験は、これ以上ないほどの練習になるじゃねえか……ッ！

「うーし。それじゃあそろそろ反撃するかァッ！　なぁマーくん、兄弟たちをぶっ殺しまくるけど構わねぇよなぁ？」

ブーツに宿った俺の戦友、『アーマーナイト』のマーくんに呼びかける。

思えばあいつらとは同族同士のぶつかり合いになってしまうわけだが……。

『――ッ！ ツッ、ッ――！』

〝フッ、構わんよ。闇に縛られたあの連中は、我が愚かしき過日の姿だ。今や運命《さだめ》より解き放たれたこの私とは赤の他人よ。むしろ連中の愚昧な頭、斬り落としてやるのが慈悲であろうさ〟――って感じのキザな呻《うめ》きを出すマーくん。

相変わらずカッコいい奴《やつ》だぜ。俺は誇り高き戦友に、「わかった！」と力強く頷《うなず》き返したのだった。

「っていやいやいや……何がわかったんですかユーリさん？　えっ、もしかして今の変な鳴き声の意味が分かるんですか⁉」

「当たり前だろうがコリン。言語の違いなんて問題ないさ。真剣に聞いてやれば、ちゃんと想《おも》いは汲《く》み取れるんだよ」

「えっ、でもタクシー代わりに使ってたウル太郎さんが『ウォンウォンオーンッ！』って鳴いてた時、『何言ってんだお前？』って首捻ってませんでした？」

「そりゃ意味わからんて。どうせワンちゃんだしテキトーに鳴いてただけだろ」

「ってウル太郎さんの言葉もちゃんと真剣に聞いてあげてッ⁉」

元気に騒ぐコリンを背に、俺は武装を大鎌へと持ち替える――！　（※ちなみに後日ウル太郎の言葉を聞いてみたら、『お散歩楽しい』『お肉食べたい』『交尾したい』とかそんなんでした。やっぱ犬だわ）

さぁ、一気にいくぜッ！

「獄道呪法『断罪の鎌』ァーーーーーッ！」

敵軍めがけて飛びかかりながら振りかぶるッ！

その瞬間、邪悪な光が鎌から溢《あふ》れ、巨大な刃となって『アーマーナイト』どもを両断した――！

『ギギャギィイイッ!?　ギグガァーーーーーーッ！』

手下がやられまくったことに怒ってか、咆哮を上げる巨大蜘蛛。

ヤツは全身の黒鎧《くろよろい》を戦慄《わなな》かせ、俺に向かって大量射出してきた！

漆黒の鎧たちが雨のごとく降り注ぐ――！

「いいねぇ盛り上がって来たぜぇッ！　いくぞマーくん、モンスタースキル『瞬動術』発動！」

『ッッッ――！』

魔光を放つ俺の両足。五秒の間、移動速度を十倍にするマーくんの特殊能力だ。

さぁて準備完了。ガンガンいくぜぇッ！

「特殊行動アーツ発動ッ！『八艘飛び《はっそう》』！」

かくして俺は風の速さで天へと翔ける――！

墜《お》ちてくる黒鎧たちよりも何倍も速いスピードで、ヤツらを足場としながら一秒に八回の大跳躍を遂げてみせる。

これが特殊行動アーツ『八艘飛び』の能力だ。

攻撃力は皆無ながら、発動後に八回のみ驚異的な跳躍力を発揮できるようになるのだ。

それによって俺は、一瞬にして天蓋の巨大蜘蛛の眼前へと跳ね上がった。

ヤツの巨大な八つの赤目と視線がかち合う。

『ギュギガァアアッ!?』

「よぉ隠しボス。上からずいぶん手下どもをぶん投げてくれたじゃねーか？」

――つーわけで俺からもお返しだッ！

「今度はテメェが俺の手下を世話してくれよッ！　必殺アーツ『滅びの暴走召喚』発動ォオーーーーッ！」

『『『グガガァアアアアアアアーーーーーーーーーーーーーーーッッッ！！！』』』

巨大蜘蛛の眼前に現れる暗黒魔法陣。そこから顔を覗《のぞ》かせた百体もの凶悪モンスターたちが、叫び声を上げながら『アトラク・ナクア』めがけて飛びかかっていった！

無数の黒鎧を生やしたヤツの体表にモンスターたちが取り付き、爪や牙を巨大蜘蛛へと突き立てる！

そして、

『ギュゥウウウウガァーーーーーーーーーーーッ!?』

モンスターどもの総重量にたまらずヤツは完全屈服。

哀れな悲鳴を上げながら、『死滅凱虫アトラク・ナクア』は地面めがけて落ちていったのだった……！

コリン「あの人秒で攻略したんですけど……」
大蜘蛛《おおぐも》「この人秒で攻略してきたんですけど……」

第六十五話　圧倒的勝利と、戦友との約束――！

『ギュィギーーーーーーーッ!?』

『『『グガガガァアアーーーーーーーッ！』』』

百体ものモンスターにリンチされる『アトラク・ナクア』。

全身から血を噴き出しながら狂い悶《もだ》え、長い八つ脚をビクビクと痙攣《けいれん》させた。

だがまだだ。容赦なんて一切しないぜ――！

「来な、チュン太郎」

『ピギャァーーーーーーーッ！』

巨大蜘蛛に続いて墜ちゆく最中、俺は燃え盛る巨大鳥『バニシング・ファイヤーバード』を召喚して足場とする。

そして弓矢を握り締め、周囲にはスキル【武装結界】によって七つの武器を顕現させた。

さぁ、準備は整った。かくして『滅びの暴走召喚』により現れたモンスターたちが消え、巨大蜘蛛がようやく解放されたかと安堵《あんど》の息を吐いたところで――、

「いくぜ天狗《てんぐ》師匠、これが俺の新必殺技だぁ！　天魔流弓術奥義ッ、『暴龍撃』八連打ァァアアッ！！！」

『ギュギィイイイイーーーーーーッ!?』

放たれた矢と七つの武装は極大の魔力を纏《まと》い、計八体の魔龍となって『アトラク・ナクア』へ食らいつく――――！

その破壊力は折り紙付きだ。万物を吹き飛ばす暴風の矢を真上から一直線に放った上、八本同時の大盤振る舞いだからなぁ。

全ての矢は大旋風を巻き起こしながら巨大蜘蛛の全身にガガガガガッッッとドリルのごとくめり込み続け、たまらずヤツは大絶叫を響かせる――――！

「さぁてトドメだ。いくぜマーくんッ、モンスタースキル【瞬動】再発動！」

『ッッッ――――！』

最期に俺は加速の異能をマーくんに使わせ、俊足を以《も》ってファイヤーバードから飛び降りると――――！

「特殊行動アーツ発動ッ、『緊急落下』ァーーーッ！」

俺は高らかに、ただ早く墜ちるだけのアーツを発動させた！

こいつは一切攻撃力のない特殊行動アーツの一つで、マジで落下速度を上げるしかない雑魚技だ。身動きの取れない空中から早く地面に降りることが本来の用途なのだろう。

――だがしかし、敵が真下にいるんなら話は別だぜ！　このブレスキでは、たとえ筋力値ゼロだろうが位置エネルギーさえ働いていればダメージを与えることが出来る。

要するに、

「このアーツを使った状態で空中から蹴り込めば、十分必殺アーツになるんだよぉ！　というわけで食らえオラァアアアアーーーーーーーーーーーーッ！」

『ギッシャァーーーーーーーーーーーーッ!?』

瀕死状態《ひんし》の『アトラク・ナクア』へ俺のキックが見事に炸裂《さくれつ》！

かくして、『アーマーナイト』を宿したブーツは女王である巨大蜘蛛の脳天にぶっ刺さり――、

・ワールドニュース！
ユーリさんとコリンさんのパーティが、隠しボス『死滅凱虫《がいちゅう》アトラク・ナクア』の初討伐に成功しました！

ユーリさんはアンデッド専用特殊進化アイテム：死神の霊核を獲得しました！　コリンさんは――


「よーーーーしッ、勝利ッ！　そして進化アイテムゲットォッ！」

消え去る巨大蜘蛛を前に、俺はガッツポーズで喜んだ――！

やはり期待していた通り、特殊進化アイテムってやつはあったらしい。

「今まで見つからなかったのも納得かもだな。アイテムを落とす隠しボスの登場条件が厳

しすぎるしよ」

　レベルが75以上必要となる時点で、ほとんどのプレイヤーはきついだろう。

　だってそれって今のブレスキの上位1％くらいの領域だからな。それに加えてカルマ値やらボスマスターをテイムしているかやらが条件となれば、そりゃあ簡単には見つからないだろう。

　運営的にはもっと後半での解放を予定してたかもだな、特殊進化システムって。

「んじゃ、さっそく進化を試してみますか……！」

　——そうして俺がアイテムを取り出そうとしたところで、背後から「ふぇぇぇぇぇぇぇぇぇぇ……」と溶かされたネコのような鳴き声が響いてきた。

　振り返ってみると、そこには脱力してへたれ込むコリンの姿が……。

「は……ははは……。瞬殺、じゃないですか。わたしなんてもう詰みかと思っていたのに……」

　うるんだ瞳でこちらを見つめてくるコリン。

　そして彼女は小さな拳を握り締めると、それを自身の額に叩《たた》き込んだ——！

「っておいっ、コリン!?」

「ぐうぅぅぅぅぅ……ッ！　ユーリさん、わたし悔しいです……っ！　前のイベントでアナタをしばらく足止め出来て、それからもレベルを上げ続けてかなりの上位プレイヤーになって、刺客プレイヤーだって一度は撃退できたりもしたのにっ！

なのにアナタは、あんな意味の分からないクソゲーボスを相手にしてもひるまず、あっという間に倒しちゃうような大成長を遂げていて……ッ！」

涙をにじませながら、今一度「悔しいです……！」と思いを吐露するコリン。

その大きな両目から、いよいよ涙がこぼれ落ちようとしたところで――パシンッと。彼女は自身の両頬を強く叩いた……！

額に続いてその頬《ほ》っぺたが、赤くじんわりと腫れあがる。

「悔しいですけど――でもッ、気合いが入りましたッ！　どうやらわたしが越えるべき壁は、予想よりもずぅーっと高かったみたいですね！　反省ですっ！」

「っ、コリン……お前……！」

「フッフン、泣くと思いましたかユーリさん!?　わたしだって成長してるんですからね……っ！」

……そう言いながらも、気を張る声は震えたままだ。

その両目に再び涙が溜《た》まり始め、もう一度零《こぼ》れようとしたところで――。

「コリン」

――俺は彼女の眼前へと、静かに拳を突き付けた。

「ふぇっ、ユーリさん……!?」

「ふぇじゃねーよ。――改めて約束しようぜ、『ライバル』！　五日後の最終決戦では、最高に楽しいバトルをやってやろうやッ！」

「っっっ……!?　はっ、はいっ！　ライバル同士の、約束ですッ！」

コリンは目元をごしごし擦《こす》ると、右手を突き出してコツンと俺の拳に打ち合わせてくる。

相変わらず瞳は潤んでいるものの、その口元にははにかむような笑みが。

「あ、あははは……ごめんなさい、ユーリさん。急に変な声を出したり、自分を殴ったり泣きそうになったりして……！」

「いいさ別に。あぁちなみに、さっきのは慰めようとして言ったわけじゃないからな？

要するにお前をぶっ殺す宣言だから、間違っても喜んだりすんなよー？」

「は、はいっ！　えへへ……ユーリさんって外道なのに優しいですよね……っ！」

「外道っ!?」

ひっでーこと言いやがる――と文句を言おうとしたが、あまりにもコリンの笑顔が晴れやかだったため許してやる。

代わりに彼女の頭をクシャクシャに撫《な》で、髪ボサボサの刑に処しておいた。

「ってわーっ!?　何するんですかユーリさんっ!?」

「泣き虫で生意気な子猫にお仕置きじゃいっ！……んでコリン、目当てのアイテムは手に入ったのかよ？　一応お前もアーマーナイトの一部を斬り払ってるんだから、返品なんてしなくていいぞ？」

「あぁ、それについてですか……」

俺が問いかけると、彼女はアイテムボックスから禍々《まがまが》しいオーラを放つ指輪を取り出した。

そしてそれを、俺の前に突きつけ――！

「手に入りましたよ、ユーリさん……ッ！　これでアナタをぶっ殺すコンボは完成しましたので、決戦の日を楽しみにしててください……！」

「へぇ……！」

不敵な笑みを浮かべるコリンに、こちらも目一杯の殺意を込めて微笑《ほほえ》み返してやる。

――かくして俺たちはこの日、お互いを全力でぶっ殺すための新たな力の獲得に成功したのだった。

◆◇◆

【張り巡らされた】ブレイドスキル・オンライン設定考察・推測スレ 12【闇の伏線】

1. 駆け抜ける冒険者

ここはゲーム内設定考察や推測を行うスレです。

これどういう意味？　この文章は一体？　この設定って○○では？　等々、プレイ中に気になるところがありましたら、ぜひぜひこのスレまで持ってきてください。

噂話の類もウェルカム。みんなで世界の謎を推察し、イベントのフラグ立てなどに役立てましょう。

次スレは自動で立ちます。

前スレ：http:// ＊＊＊＊＊＊＊＊＊＊

83. 駆け抜ける冒険者

ワールドニュースをご覧になりました？

ユーリさんが『死滅凱虫アトラク・ナクア』というモンスターを倒したそうです。

85. 駆け抜ける冒険者

>>83
アトラク・ナクア……。クトゥルフ神話における蜘蛛の邪神名ですね。

なるほど。同じくユーリさんが存在を暴いた『クトゥルフ・レプリカ』と一緒で、どうやら隠しボスはクトゥルフ神話の神々をベースにしているようですね。

86. 駆け抜ける冒険者

>>85
魔王の名前が邪神の王『アザトース』ですからね。無理のない設定と言えましょう。

あぁそれと、コリンさんという同行者が『こんなのどう見てもバグモンスターだ！　映像を公開して運営に弱体化を迫ってやるッ！』— という意図で撮影していた戦闘動画を、のちにユーリさんの許可を経て公開したようです。

ユーリさん曰く、『今の俺はこれくらい強くなってるぜ？　俺をぶっ殺したけりゃこの程度は強くなりな！』— とのこと。

やれやれ。玲瓏たる美貌を持ちながら、まったく野蛮極まりないですね。

しかしながら、ブレイドスキルオンライン版アトラク・ナクアの戦闘映像が見られたのは僥倖です。

87. 駆け抜ける冒険者

>>86
ほうほう。カタコンベを思わせる退廃的な背景の様子から、場所は『死神の地下墳墓』ですかな。

多くの『リビング・アーマーナイト』を召喚（射出？）しているようですし、十中八九そこかと。

88. 駆け抜ける冒険者

>>87
なるほど。扉は同じながら、プレイヤーの数や状態によって隠しボスの下へ通されるわけですか。

他のオンラインゲームでも見られる形式ですね。既存のダンジョンを再利用できるため、メタ的に見ればデータ量を労わった設定だ。

89. 駆け抜ける冒険者

>>88
されど戦闘映像を見るに、あの黒鎧の大軍勢を生み出す能力はサーバーに多大な負荷がかかるかと。

しかし同時刻に何のラグもなかったあたり、運営のデータ処理力はものすごい。

我々の調査によって北海道と同じ規模と判明したブレスキ世界のマップを維持できていることといい、はっきり言って異常だ。

資本金数十万でスタートした会社だそうですが、絶対に嘘ですよ。ビルのようなサーバーでも所有しているに違いないでしょう。

もしも通常規模のサーバーを使っているとしたら、データ圧縮プログラムを組んだ者は超人としか……

90. 駆け抜ける冒険者

>>89

話が少し逸れていますよ。考察勢のいけないクセだ。

さて、先ほどの戦闘映像。本当に凄まじかったですね。

我々は基本的に戦闘不得手の身。このスレの創設者であるマーリン氏以外があの場に立っていたら、３秒でミンチになるでしょう。

それはともかく、アトラク・ナクアに冠せられた『死滅凱虫』という二つ名について考えますか。

凱は凱旋などに使われる漢字で、「勝利を讃える」という意味があります。

よって『敵を死滅させたあと、自身の能力によって召喚した兵士たち（アーマーナイト）に勝利の凱歌を歌われる』というイメージで、『死滅凱虫』と名付けられたのではないかと。

95. 駆け抜ける冒険者
>>90
それだけではないようですよ。

凱という文字。その右側の几部を取り、左側に金部の部首を追加してみなさい。

どうです、「鎧」の文字になるでしょう？　しかも二つとも「がい」と読める漢字だ。

アーマーナイトを全身に纏った姿を「鎧姿」と喩え、そうした洒落を入れたのでしょうね。

他にも単純に、蜘蛛という「害虫」を指してもじった単語でもあるのでしょう。

フフフ……こうしたネーミングの謎に思考を巡らせ解いていくのも、考察勢の喜びよねえ。

97. 駆け抜ける冒険者

>>95
マーリンさん、考察に頭を使いすぎて語尾がちょろっと漏れてますよ？

98. マーリン

>>97
あら失礼。

それでは今度は隠しボスたちとの出会い方について考えていきましょう。

99. 駆け抜ける冒険者

>>98
ふむ、隠しボスエリアに行くための条件ですね。

私が思うに、『サモナー』というジョブが重要になるかと。

よくよく考えてみれば、邪神アザトースの遺児たちであるモンスターどもを召喚して使役できるという設定は異常です。

それだけでもはや『サモナー』は闇の眷属であり、魔に近い存在と言えるでしょう。

実際に『聖上都市ヘルヘイム』では、『サモナー』とモンスターを徹底的に弾圧する法律を教皇が敷いていたとされています（それにキレたユーリさんがぶっ殺したそうですが……）。

そして今回、ユーリさんは二体目の隠しボスを暴きました。

しかるにこれは、魔王の幹部である隠しボスのところに到達するには、魔の存在と仮定される『サモナー』のジョブを持った者が必須というわけではないでしょうか……？

100. 駆け抜ける冒険者
>>99
おぉなるほど……闇の眷属には闇の大幹部たちも胸襟を開くというわけですか……！

これが本当だとしたら、『サモナー』のジョブの地位は一気に向上しますな！

かつては最弱だった立場から、隠しボスたちとの会敵には不可欠な存在になるわけだ！

108. 駆け抜ける冒険者
>>100
素晴らしいシンデレラストーリーですな！　我々も色々と検証するためにサモナーのキャラを作成してみますか！

ちなみにくだんのユーリさんですが、動画のほうで『みんなで殺し合おうぜッ！』と畜生みたいな倫理観のお誘いをかけてきていますぞ？

色々と大暴れする彼女からはその足取りからよくデータを取らせてもらっている身。

ここはその感謝としてお誘いに乗り、我々も絶滅大戦に参加してみます？

110. 駆け抜ける冒険者

>>108
断ッッッッ固拒否させていただきます！！！！！！！！　あんなチンピラトンチキ存在がいる戦場に交ざれるかぁ！！！！！！！

もしも参加するとしても、絶対に彼女率いる『魔王側』に所属して足をペロペロしてでも守ってもらう所存ですッッッ！！！

111. 駆け抜ける冒険者

>>110
おぉ、見事な不戦の意志！　それでこそ知に生きる考察勢！

ちなみに私もユーリちゃんみたいな美少女に守ってもらったりペロペロしたいですぞ！！！！！！！！！！！

120. マーリン

……考察勢って頭でっかちな分、どうしようもない変態野郎多いわよねー

※後日、全員でユーリのところに押しかけて『ペロペロさせてください！』と頼んだらブン殴られました（所属には成功）。

第六十六話　復ッ活ッ！ ポン太郎暴走族復活ッッッ！ あと泣き叫べマーくん！

——最終決戦まであと四日。

昨日、『死滅凱虫《がいちゅう》アトラク・ナクア』を討伐した俺は、今日も『死神の地下墳墓』に入り浸っていた。

というのもあれだ。元々ここには特殊進化アイテムを手に入れるためにやってきたわけだが、あの巨大蜘蛛《ぐも》ってば1個しかそれを出さなかったんだよなー。ウチ12体も進化させたいヤツがいンだわ。

というわけで、

『ギュギッ、ガァ……!?』

「アハハハハハハっ！　リバイバル版アトラク・ナクア、11体討伐完了だぜぇッ！」

ズシャァアンッッッという音を立てて地に倒れ込む巨大蜘蛛。

俺はその死骸を背に、喜びの笑みを浮かべた……！

ほい、これで特殊進化アイテム『死神の霊核』が12個きっちり揃《そろ》ったってばよっ！

「よーし、ポン太郎からポン十一郎出てこいッ！」

『『『キッシャシャァ〜〜〜〜〜〜！』』』

元気な声を上げて現れる『シャドウ・ウェポン』軍団。

今では矢だけでなく剣やら鎌やら槍《やり》やら弓やらに憑依《ひょうい》先が分かれることになった彼らだが、その友情は永遠だ。

円陣を組むように俺を取り囲みながら、ブブブブブブブッッッと愛と絆《きずな》のバイブレーションを開始した。

「こらこらっ、くすぐったいからやめろってのー　よしお前たち、さっそく特殊進化を開始するぞー！」

『『『キッッシャァアアアアアアアアアアアアアアアアアアーーーーーーーーーーーーーーーーッ！！！』』』

進化という言葉にポン太郎たちのテンションはマックスだ！

強くなれることは嬉《うれ》しいからなー。特に最近は俺の特技が増えまくったせいでこいつらの出番も減ってたし、そりゃ喜びもひとしおか。

俺はそんな彼らの前に、特殊進化アイテム『死神の霊核』を差し出してやる。

——見た目はただの青いビー玉だ。されどそのレアリティはゲーム中最高の☆13。

幸運値極振りの俺じゃなかったら、たとえ隠しボスをぶっ倒しても出るかどうかは不確定な逸品だろう。

「さぁ、受け取れ……！」

さっそくそいつをポン太郎たちに近づけてやる。

すると、金色に輝く見たこともないメッセージウィンドウが現れて——……！

・特殊進化条件、全達成おめでとうございます！
1：対象の使い魔が一段階進化状態 or レベル50以上のボスモンスターであること（巨大ボスモンスターは含まない）。
2：使い魔からの好感度が最高位のＳ（交尾したい）であること。
3：対象である使い魔の種族が、特殊進化アイテムに見合っていること。
・上記の条件を全てクリアしました。
アンデッドモンスター：『シャドウ・ウェポン』1番から11番に対し、アンデッドモンスター専用特殊進化アイテム『死神の霊核』×11を使用しますか？

使用した場合、『シャドウ・ウェポン』たちをそれぞれどちらか2通りの形態に『神化』させます。

1：『巫装憑《ふそうひょう》神《しん》ハストゥーラ・ウェポン』

闇のオーラを極限まで増幅させた霊魂。敵への死を願い続けたシャドウ・ウェポンが禍津《まがつ》風《かぜ》の死神へと至った姿。

武器憑依能力をそのままに、全ステータスが大きく上昇し、憑依した武器に風を纏《まと》わせる。

またモンスタースキル【飛行】が【絶空飛翔《ひしょう》】に進化し、飛行速度とホーミング能力が格段にアップ。

HPは武器の耐久値に依存し、損壊時に死亡する。

2：『巫装憑神クトゥグア・ウェポン』

闇のオーラを極限まで増幅させた霊魂。敵への死を願い続けたシャドウ・ウェポンが禍津火《まがつび》の死神へと至った姿。

武器憑依能力をそのままに、全ステータスが大きく上昇し、炎属性を獲得。

またモンスタースキル【闇分身】が【邪炎分身】に進化し、爆発能力を持った分身を一時的に生み出せるようになる。

HPは武器の耐久値に依存し、損壊時に死亡する。


「ほーうほうほう！　こいつぁ強いぜッ！」

どちらもポン太郎たちの異能を特化した方向に上昇させるってわけか。

シンプルながらすごくありがたい。さっそく進化させてもらおう。

「矢として使うポン太郎とポン次郎とポン三郎とポン四郎、それと弓として使うポン十一郎。お前たちは『巫装憑神ハストゥーラ・ウェポン』に進化しろ！」

『『キシャーーーッ！』』

光に包まれるポン太郎とポン次郎とポン三郎とポン四郎とポン十一郎。

その輝きが散った後には、その身に纏った闇のオーラを激しくうねらせる彼らの姿があった。

「よし、これで矢のほうは完璧だな。かつての強さを見せてくれよ……！」

運営によって一度目の弱体化を食らう前、ポン太郎たちは本当に輝いていた。

弓から放ったが最後、ギュンギュンギュンギュンッッとものすごい軌道を描きながら集団で突っ走る姿はまさに暴走族だった……！

『キシャァ……キシャシャァ……！』

ブルブルと震えながら、俺の胸に抱き着いてくるポン太郎。

〝ユーリのアネゴ……オレぁ、〝弾圧《シメ》〟られてからの日々が本当につらかった……！　運営どもに暴走族《チーム》潰されてから、オレらはすっかりサブウェポンだ。【武装結界】の輝く姿を後ろから見るのが……死にてーくらい辛《つら》かった……！〟

──という感じの鳴き声を出すポン太郎に、俺も思わず目頭が熱くなる……！

「安心しろ、お前らッ！　これからはまた使い倒してやるからなっ！　それに今度からの暴走は、俺も一緒だぜ！」

そう、そのために弓に宿したポン十一郎も『巫装憑神ハストゥーラ・ウェポン』に進化させたのだ。

これからは飛んだり跳ねたりする特殊行動アーツをガンガン使っていく予定だ。しかしそこにマーくんの【瞬動】を合わせてみろ。双剣を握るために側《そば》に浮かせるようにした弓を、置き去りにしてしまう可能性があるだろう。

だが今回の進化によってその心配もなくなったわけだ。放った矢を追い越す勢いで戦場を突っ走ってやるぜ。

「次に、剣とか槍とか他の武器に宿すようになったポン五郎とポン六郎とポン七郎とポン八郎とポン九朗とポン十郎。お前たちは『巫装憑神クトゥグア・ウェポン』に進化しろ！」

『『『キシャーシャッ！』』』

続いて進化するポン五郎とポン六郎と（以下省略）。

進化の輝きの後には、闇のオーラを業火をごとく沸き立たせる姿があった。

「よーし。敵の装備を燃やし斬ったり火傷《やけど》を与えたりできる炎属性を得たことで、殺傷能力は確実にアップ！　それに射出する時に【邪炎分身】を使えば、かつてみたいに爆殺武器の雨あられを再現できるかもだな！」

運営による二度目の弱体化により、スキル【武装結界】で放たれる弾数は大きく落ちてしまった。

それにより封印された一方的な大爆殺。あの快感に満ちた虐殺奥義を、もう一度使えるようになるんだな……！

「悪いなポン太郎たち。思えば、敵にぶっ刺さったまま【闇分身】して防御力の低い相手を引き裂く必殺技をオワコンにさせたのは、【武装結界】で大爆殺が出来るようになってからだよな。お前たちをサブウェポンに落とし込んだあの奥義を、お前たち自身で再現するなんて……」

『キッシャーッ！　キシャシャーシャ！』

詫《わ》びようとする俺だったが、しかし胸の谷間に挟まったポン太郎が激しくバイブしてそれを止めた。

さらには他のポン一族も、優しく首を縦に振るように上下運動する。

〝いいんでさぁアネゴ。【武装結界】のヤツも、今じゃあ運営組に〝規制《パク》〟られたオレらの仲間だ……！　ここは負け犬同士、喜んで手を組んでやりますぜッ！〟

――という感じの頼もしい鳴き声を出すポン太郎たち。

そんな彼らの漢気《おとこぎ》に、俺は改めて目頭を熱くする。

「ありがとうな、お前らッ！　お前らと〝戦友《マブダチ》〟になれて本当によかったっ！」

さぁ、これでポン太郎たちは進化を果たした。

あとはお前だぜ――マーくんっ！

「進化不能のボスモンスターの鉄則……そいつをここで打ち破ってやりなッ！」

俺はブーツを脱ぎ捨てると、そこに進化アイテムをグリグリ押し付ける。

すると再び、目の前に黄金のメッセージウィンドウが表示され――

・特殊進化条件、全達成おめでとうございます！
1：対象の使い魔が一段階進化状態orレベル50以上のボスモンスターであること（巨大ボスモンスターは含まない）。
2：使い魔からの好感度が最高位のS（交尾したい）であること。
3：対象である使い魔の種族が、特殊進化アイテムに見合っていること。
・上記の条件を全てクリアしました。
アンデッドボスモンスター：『リビング・アーマーナイト』を、『巫装《ふそう》神妃マジェスティー・オブ・ニトクリス』に可変式神化させることが可能になりました。

「可変式神化、だと……!?」
聞いたこともない単語に、俺はしばし固まるのだった……！

第六十七話　強く生きろよマーくんちゃん！

――『死神の地下墳墓』から帰還後。

俺は支配領域であるヘルヘイムの街を、『黒髪褐色メイド少女』を連れて歩いていた。

信じられないことにあれだ。半泣きで恥ずかしそうにトボトボ付いて来る彼女こそ……、

「こっ、こんな辱めを受けることになるとは……ッ！　おのれ運営っ、許さんぞッ！」

そう叫びながら、『マーくん』はグズグズと目元を拭うのだった。

――そう。こちらのお嬢さんこそ、俺の戦友『リビング・アーマーナイト』の変わり果てた姿だった。

時は少しばかり遡る。

マーくんの前に進化アイテムを突き出したところ、こんな進化先が出てきたのだ。

・可変式神化体：『巫装神妃マジェスティー・オブ・ニトクリス』

現世に舞い戻った死人神《しにひとがみ》。主君への忠義を高め続けた結果、リビング・アーマーナイトが侍《はべ》りし者としての実体を得た姿。

高い筋力値と敏捷《びんしょう》値を誇り、また霊体となる前に使用していた専用アーツ『邪剣招

来』が復活（使用MPはプレイヤーが支払う）。

召喚した『リビング・ウェポン』は一分で消えるという制限が付いたが、プレイヤー自身の召喚枠を潰さない。

また、防具憑《ひょうい》依能力も変わらず保持。

彼女自身の霊核は憑依防具に宿っているため、実体が破壊されても防具が無事なら再実体化可能。

ただし実体が破壊されるたびに憑依防具の耐久値は半分となる上、実体化中は毎秒プレイヤーのMPを消費する。

加えて、憑依モンスターが実体化している間は防具へのステータス補正が消失する。
※彼女を実体化するにあたり、ボスモンスター召喚枠は潰されません。
※プレイヤー用の武器・防具・装飾品を身に付けさせることは可能ですが、ステータス補正値や効果は適用されません。
※プレイヤー用のアーツ・スキルは覚えません。

――その説明文を見た瞬間に『んっ？』と首を捻《ひね》った。

なるほどなるほど、可変式というのはわかったさ。要するにこれまで通りの装備の能力値を補正する『憑依形態』から、一緒に戦ってくれる『人間形態』になったり戻ったり出来るわけだな。そりゃわかりやすい。

ただ……『彼女』ってなんだ!? 名前の『妃』ってどういうことだ!?

もしかしてこれ、進化したらメスになっちゃうんじゃ!?

俺がそう戸惑った瞬間——ポン太郎たちの進化を見て興奮していたマーくんが、『私も早く進化するぞッ!』って感じの鳴き声を出しながら、ピョーンと跳ねて進化ウィンドウの決定ボタンに飛び蹴りを食らわせたのだった。

その結果、見事に進化は達成されて……。

「うぅぅぅ……どうしてこんな目にぃ……!」

こうして、マーくんはマーちゃんになってしまったのだった。

ちなみに見た目は、俺のアバターを全体的に一回り小さくした感じだ。

髪と肌色さえ同じなら見分けるのに苦労しそうなレベルのあたり、『巫装神妃マジェスティー・オブ・ニトクリス』の姿はプレイヤーの容姿によって決定されるのかもしれない。

あと進化時はほぼ全裸に近かったため、以前に少しスキンヘッドと遊んだ時に手に入れたメイド服を与えて今に至る。

「くっ、騎士道に生きる私をこのような身体《からだ》にするとは……運営め、運営め……!」

「いやぁ、あれは自爆に近かったような——っていやなんでもない! そうだな、運営許せないよなッ!」

マジレスしても傷付けるだけなので、マーちゃん……じゃなくてマーくんに話を合わせておくことにする。

それに俺自身も勝手に女のアバターにされた被害者だからな。気持ちは十分わかるってばよ……！

「ちなみにマーくん、そんなにその姿が恥ずかしいならなんで実体化して歩いてるんだよ？」

「ああ、一種の戦闘訓練だ。久々に得た実体の身体に慣れておこうと思ってな」

「おぉっ、武人だな……！」

勝つためならば恥は二の次なのか。見た目はずいぶん可愛《かわい》くなったが、中身は相変わらずカッコいいヤツだぜ。

「んじゃ、新生ポン太郎軍団ともども、改めてよろしくなーマーくん！」

「うむ。不本意ながら貴様に負けて捕まったことで、ずいぶんとレベルが上がったからな。その恩義に報いるとしよう」

そんなキザな物言いに苦笑しつつ、俺はマーくんと握手を交わすのだった。

こうして手を握り合えたのも実体化できたおかげだな。マーくん的には不満かもだが、その点だけは運営に感謝しておこう。

「うしっ、実体化記念になんかメシでも食いに行くか!?」

「むっ、食事か……！　いやまぁ確かに魅力的だが、この街に戻ってきたのは『魔鋼』化を行うためでは……」

かくして俺がマーくんと談笑していた――その時。

ふいに目の前にメッセージウィンドウが現れた。そこにはザンソードの宛名で、『緊急事態！』というタイトルが書かれており……！

・フレンドのザンソード様よりメッセージです。
『――ユーリよ、大変だぞ！　裏で行っていた調査の結果、ペンドラゴン率いる「女神側」に付くプレイヤーが八割を超えた！！！』


「なっ、なんだってーーーっ!?」

八割……つまりプレイヤー総数を二十万とすれば、こちらは四万で向こうは十六万となるわけだ。

その戦力差と驚くべき結果を前に、流石《さすが》の俺も「おいおい」と苦笑してしまうのだった……！

第六十八話　前哨戦開幕——！

俺の保有地『聖上都市ヘルヘイム』内にある立派なお城。

かつては教皇グレゴリオンとかいうロボットみたいな名前のオッサンが所有していたその城は、今や『魔王』サイドの作戦会議場と化していた。

何人かの代表プレイヤーと共に執務室に集まり、みんなでウ～ンと首を捻らせる。

「プレイヤー比8：2かー……ものすごい戦力差になったものだな。なぁザンソード、一体どうしてそんなことになったんだ？」

「うぅむ。先日ブレスキ運営が行った演出イベントにより、完全に我ら『魔王』サイドが悪役となってしまったことが大きな要因の一つだろう。

まぁ、もちろんこれはネットゲームだ。本気で我らを悪人だと思っているヤツはいないだろうが、『イベントの敵役』と見做《みな》されてしまったんだろうよ」

ああ、なるほどなぁ……。

そして運営が『イベントモンスター』をお出ししてきたとなれば、〝みんなで挑もうぜッ！〟となるのがネットゲーマーの性《さが》か。

「そこは仕方ないわな。元々俺に挑みたいってヤツは多かったし、俺としてもウェルカムだったし。

だけどこんなに数の差が開くもんかよ？　悪そうなのが好きだから悪側に付くってヤツもいるだろうし、俺も先日は宣伝パレードをやったり、『魔王』サイドに付いてくれた者には惜しみなくアイテムを提供してるぜ？」

こちとらやることはやっているさ。

〝民衆を動かすにはパンとサーカス〟というどっかの格言にはきっちり従っているし、モンスターまみれな領地を活《い》かした『モンスター触り放題権』も地味に結構ウケている。

「差がつくにしても、せいぜい6：4程度で収まると思ってたんだが……」

そんな俺の呟《つぶや》きに、ザンソードが「それなのだが……」となぜか小さめな声で答えた。

「話は変わるが拙者、実はバーチャルアイドルが好きでな……」

「って話変わりすぎだろっ!?　いきなり何言ってるんだお前は！」

「えぇいッいいから聞けッ！　この事態に関係のある話だ！

実は現在、バーチャルアイドル業界のトップに立つ存在として、『アカヒメ』なる女子《おなご》がいてだな。あぁちなみに彼女は元祖バーチャルアイドルの呼び声高き『アオヒメ』の一番弟子とされ、不覚にも拙者、アオヒメさま卒業ライブの終わりにアカヒメたんと抱き合う光景にはあまりの尊さに一晩中涙を流して会社に寝坊して商談をすっぽかしてクビになって引きこもって今に至りだな――」

「ってお前の人生バーチャルアイドルでグチャグチャじゃねえか!?

それはいい……いやよくないとして、ともかく話を進めてくれよ。そのバーチャルアイドルが今回の件にどうかかわってるんだ？」

「うむ」

ぽつぽつと語り始めるザンソード。

彼曰《いわ》く、そのアカヒメさんとやらが突如として、『話題のブレスキに緊急参戦です！みんなで「魔王ユーリ」に挑みましょうっ！☆』という動画をアップしたのだ。

それに沸き立つアカヒメファンたち。彼女には百万人規模の動画チャンネル登録者がおり、五分五分だったプレイヤー差が一気に傾くことになったとか。

――そんな話に俺はしばらく呆《あき》れてしまう。

「はぁ……話題のバーチャルアイドルがいきなりそんな話するかよ。これ絶対にペンドラゴンの策略だろ……」

「うむ、拙者も同意見でござるな。実際、彼女の師匠であるアオヒメさまは『ダークネスソウル・オンライン』のプレイヤーだったそうな。

またアカヒメたん自身も、『レッドフード』という名で同ゲームをやっていたとか。そして二人はゲーム内で出会い、甘美なる姉妹《スール》の契りを結んでだな――ッ！」

「脱線すんなっつの！　ともかく話はわかった。ペンドラゴンのヤツといえば、その『ダークネスソウル・オンライン』のトッププレイヤーだそうだからな。繋《つな》がりは十分ってわけか……はぁ」

シンプルにして最凶の一手だな。

昔馴染《むかしなじ》みを頼った——ってだけなら可愛いものだが、その昔馴染みがトップアイドルとかマジで人脈チートかよふざけんなよ。そらプレイヤー比もガクンガクン傾くわ。

思わず溜《た》め息《いき》を吐《つ》く俺に、ザンソードは難しい顔で続ける。

「ネットゲーマーとは現金なものだ。大きな勢力差を目の前にすると、『有利なほうに付こう』と考えてしまう者が多い。それが今回の８：２という比率を生み出す結果につながったのだろう」

「なるほどぉ……」

そりゃ、勝ったサイドのプレイヤーたちはアイテムやらを貰《もら》えるって話だからな。

勝ち馬に乗ろうとするのは人として当然だ。オーケー、事情はわかったぜ。

「……詰んだな。あと四日しかない以上、このプレイヤー差は覆らないわ。そっちについては諦めよう」

「ぬぬぬっ、ユーリよ!? 戦いを投げだすというのか!?」

俺の言葉に眉をひそめるザンソード。他の会議参加者たちも、驚きの目でこちらを見てくる。

——だがしかし、だ。

「勘違いするなよ、お前たち。俺が諦めたのはプレイヤーの数についてだけだ。少なくとも質《しつ》については、決して負けてないんじゃないか？」

「ぬっ……質か……！　それはまぁ、たしかに……！」

俺の言葉に、不安げだったみんなの表情がわずかに和らぐ。

……そう。俺たちは負けてはいないんだよ。

「考えてもみろ。そのアカヒメたんに釣られて集まってきた連中は、今からゲームを始めたとしてもわずか四日しか鍛えられないんだ。

そしてネトゲーは残酷だ。圧倒的なレベル差があれば、数の利なんて吹き飛ぶんだよ」

そう。もし現実で百対一なんて戦いが起きたら、そりゃもうリンチだろ。寡兵側に勝てる道理なんてない。

だがネットゲームはわけが違う。その百人がレベル1で、対する一人がレベル100なら、大虐殺の始まりだ。正面からの殴り合いならまず負けるわけがない。

「それに加えて、数が増えるということは物資が行き渡りづらくなるってことだ。急にどっさり増えた新参プレイヤーたち全員に、装備やアイテムを配れるとは思えない。

対してこちらは……つーか俺はアイテム量と金の量なら腐るほどあるからな。いい装備を作ってくれる『生産職同盟』や面倒見のいい『初心者部隊』の活躍もある以上、敵よりも新参プレイヤーを強く育てられるはずだ」

『おぉぉおぉぉお……！』

沈み込んでいた執務室の雰囲気が明るくなり始める。

戦う前から折れそうになっていたみんなの心が、どうにか持ち直していくのを感じた。

……希望的観測の多い言葉ばかりを吐いたが、こうして仲間を励ますのも俺の仕事だからな。

この調子で決戦日までに出来るだけ戦力差を埋めてくれることを願おう。

――かくしてみんなが希望を取り戻しかけている時だった。

ザンソードの目の前にメッセージウィンドウが現れるや、それを見た彼の顔が真っ赤になる。

そして、「おのれ奴《やつ》らめッ！」と吠《ほ》え叫ぶのだった――！

「ってどうしたザンソード!?」

「どうしたではない！　現在、情報収集のためにあちこちを回っているクルッテルオから連絡が入った。

魔王側の高レベルプレイヤーたちが、各地で次々に襲われているそうでな……」

「っ、また刺客プレイヤーか!?　俺がボコり始めてからは大人しくなってたのに！」

「いいや、今回はヤツらだけではない。――『女神』サイドの高レベルプレイヤーたちが、何千人と総出で同時にこちらの仲間たちを襲い始めたのだッ！」

「なっ――!?」

ここで打たれる、ペンドラゴンたちのさらなる一手。

それはこちらの泣きっ面へと右ストレートをブチ込むような、悪役顔負けの『集団プレイヤーキル』だった――！

◆
◇
◆

――強敵蔓延《はびこ》る高難易度ダンジョンの中を、とある冒険者パーティが必死の形相で駆けていた。

彼らの実力はなかなかのものだ。ユーリやザンソードなどのトッププレイヤーたちには及ばないが、熟練者と呼ぶに相応《ふさわ》しき力を持ち、〝いつか自分たちもトップ勢の仲間入りを〟と修練に励んでいた。

そんな者たちが今……全身から血を噴き出しながら、為《な》す術《すべ》もなく逃げ惑っていた。

「あっ、あんなのありかよッ！　やってられるかチクショォーッ！」

ダンジョン内に響く悲鳴じみた悪態。

ハァハァと息を切らし、何度も蹴躓《けつまず》きそうになりながら、背後に迫る『純白の異常者たち』から逃げ続ける。

高レベルモンスターなどではなく、奇妙極まるプレイヤーたちからひたすらに。

「くそっ、くそっ！　あいつらヤベーよッ！　あんなのが集団で襲ってくんなよっ！」

喚《わめ》き散らしながら逃走を続ける冒険者たち。

ああ、腰抜け呼ばわりされても構わない。だが『あの連中』とやり合うことは本当に切実に無理なんだと、泣きそうな表情で逃げ続けた。

逃げて……逃げて……逃げて逃げて逃げて、逃げて——……そして。


「ッ、行き止まりかよ、チクショォ……！」


無情にも目の前に現れた岩壁。

〝不運〟という名の死神が、逃走劇の終わりを告げた。

「追い詰めたぜ」「喧嘩《けんか》しようぜ」「さぁやろうか」「かかってきな」

そして這《は》い寄る絶望の魔の手。

どこまでも明るく笑いながら、白き軍勢が彼らに迫る。

「っ、さ……最初に襲いかかってきた時から、おかしいと思ってたんだっ！　だってここは適性レベル50以上のダンジョンだぞ!?　それなのに、お前らのその恰好《かっこう》は……っ！」

冒険者パーティは震えながら、追手たちの酷《ひど》くみすぼらしい装備を見る。

誰もが鎧《よろい》など纏《まと》っていなかった。白く染め抜いた安物のローブを身に着けただけの、駆け出しプレイヤーのごとき風体だ。

さらに、彼や彼女らが手にしているのは、最弱武器と謳《うた》われる『初心者の弓』。

驚くべきことにその集団は、適性レベル50以上とされている高難易度ダンジョンの中を、全身初期装備で駆けていたのだ。

「あぁ、その恰好は……クソォ……！」

何も知らない者から見れば、縛りプレイか自殺志願者に見えるだろう。

しかし、冒険者パーティは知っていた。熟練のプレイヤーたちだからこそ嫌というほど知っていた。そのスタイルが、意味するところを。

ゆえにこそ、一切の油断なく武器を構える――！

「こうなったらやるぞお前らぁッ！　食らえ、遠距離斬撃アーツ『大・飛燕斬《ひえんざん》』――ッ！」

「もう破れかぶれだぁ！　攻撃魔法アーツ『ファイヤーストリーム』――！」

「死にやがれぇ！　射撃アーツ『バニシングアロー』――！」

一斉に発動させた強力アーツの数々。

どれも高レベルのプレイヤーしか使えない必殺級の絶技だ。

それらは純白の軍団に見事に直撃。激しい爆発音と共に、連中の姿を爆炎の中に消し去ったのだが――しかし。

『『『『――まだだッ――ッ！』』』』

――逆転を告げる覇の一声が、悪夢のごとく響き渡る。

『『『『――食いしばりスキル【執念】発動――ッ！』』』』

そして始まる逆転劇。最弱の装備を纏った者たちが、煙の中から次々と飛び出してきた初期装備の身に必殺アーツを受けておきながら、そのダメージをスキルで無効化。さらに彼らは同時に弓を構え、己が使い魔に吼《ほ》え叫ぶ――!

『『『『――いけッ、シャドウ・ウェポン――ッ!』』』』


その瞬間、放たれた矢は魔弾となった。

闇色の光を纏いながら鏃《やじり》が自動で獲物を捉え、冒険者パーティに降り注ぐ――!

「ぐわぁあああああーーーッ!?」

「やっ、やっぱり間違いねえッ!」

「その戦法は、スタイルはッ、再現不能と言われたはずのッ……『魔王ユーリ』の――ッ!」

かくして勝負は決着した。

消えゆくプレイヤーたちを見ながら、純白の襲撃者たちは笑みを浮かべる。

ニィッと明るく野性的な、どこかで見たかのような笑みを――!

「悪いなお前ら、オレの勝ちだぜ……!」

……そんな地獄のごとき襲撃事件が、何十か所で同時に幕開けたのだった……!

第六十九話　雪原での再会

「――いくぞッ、お前たち！」

『う、うぉおおおおおおおおーーーーーーーーーーッ！』

空に暗雲立ち込める中、俺は数百人の味方プレイヤーを率いて野を駆けていた。

どんなモンスターにも負けはしないはずの圧倒的な大群である。しかし、彼らの表情はどこか不安げだった。

◆◇◆

――事の始まりは数十分前。

数多《あまた》の隠密《おんみつ》部隊を抱えたクルッテルオより、各地での襲撃報告を受けた直後のことだ。

突如としてクルッテルオから映像付きのメッセージが届いたのだ。

それをザンソードが開いてみると……。

『――やぁ、魔王側のプレイヤーたち。可愛《かわい》い鼠《ねずみ》のメッセージ機能から失礼するよ』

あぁ……そこには四肢を刻まれたクルッテルオと、敵の総大将であるペンドラゴンの姿が映り込んでいた……！

『集団PKのサプライズ、驚いてくれたかなぁ？　どうせキミたちは〝数では負けても質では負けていない〟と己を鼓舞していたところだろうからねぇ。その思惑を潰させてもらったぞ……！』

ペンドラゴンの言葉に歯噛《はが》みする仲間たち。

一方俺も表情を歪《ゆが》めながらも、同時に上手《うま》いと感心してしまう。

――このゲームのデスペナルティシステムは、経験値の20％削除。

それを利用してこちらの質の向上を……レベルアップを阻害しに来たというわけだ。

数の差に加えてレベル差までつけようとする、本当に悪辣な一手である。

『さらに、だ。私としても新設部隊の運用実験をしたかったところだからねぇ……！

さぁ、ユーリくんのことが大好きな魔王軍のみんな。どうか見たまえ、我が〝量産型ユーリ部隊〟の活躍を――！』

次の瞬間、ペンドラゴンの周囲に表示されるいくつもの映像画面。

そこには、『初心者の弓』を持った白ずくめの集団が、魔王側のプレイヤーたちを嬲《なぶ》り殺しにする光景が映り込んでいた……！

「なっ――なんだこりゃ!?」

「嘘《うそ》だろおいっ！」

「ユーリちゃんの、量産プレイヤーって……!?」

まさかの隠し玉にざわめく執務室。

冷や汗を掻《か》く俺と困惑する仲間たちに対し、ペンドラゴンは高らかに謳い上げる――！

『あぁ脅威だろうッ!?　なぁ驚いただろう!?　こんな連中と、ぶっつけ本番で戦いたくなんてないだろう!?

ゆえにこそ、キミたちに〝前哨戦《ぜんしょうせん》〟の機会を与えてやろう。今から一時間後、我が支配地「雪原都市ニブルヘイム」の前にまで来るがいい。私のユーリくんたちと戦わせてあげようじゃないか……ッ！』

――その言葉を最後に、ペンドラゴンからの映像メッセージは切れるのだった……。

◆　◇　◆

「……それでユーリよ。我らは本当に出向かなければいけないのか？」

並走するザンソードが青い顔で問いかけてくる。

曇天より降り注ぎ始めた雪を浴びながら、「ぶっちゃけ嫌でござる」とヤツは正直に呟《つぶや》いた。

「おぬしの量産型軍団とか地獄だろうが。それに、あのいかにも性格悪そうなペンドラゴンの口車に乗るのもマズい気が……」

「諦めろよザンソード。無視するって選択肢自体、とっくに奪われてるんだぜ？」

そう。俺たちはこの誘いを受け入れざるを得なかった。

あぁまったく……何も知らない一般プレイヤーの視点に立ってみろ。

『魔王軍』はまず数で負け、そのうえ集団プレイヤーキルなんて食らった立場だ。

加えてそこで、大将直々の前哨戦《ケンカ》の誘いを断った――なんてことになってみろよ？

「ここで逃げたら、始まる前から負け犬になっちまうだろうが……！　女神側プレイヤーは調子に乗り、魔王側プレイヤーの戦意は地に堕《お》ちるだろうぜ」

「っ……なるほど。そうなれば、新参プレイヤーたちもさらに女神側に付くことになるだろうな。無抵抗で叩《たた》かれる犬の立場になりたいヤツなどいるまい」

「そういうこった。だからこそ俺たちは、ここでどうしても噛み付かなければいけない……ッ！」

そうして走り続けること数十分。

雪も激しくなってきたところで、俺たちは真《ま》っ直《す》ぐに伸びる影を見た。

近づいていくたびに巨影の全貌が明らかになる。それは、雲すらも超えてどこまでもどこまでも伸び続ける、巨大な樹木だった……！

「へぇ……あれが『女神の霊樹ユグドラシル』ってやつか」

こちら側における『魔王墳墓ユゴス』に当たる存在だ。

ウチの機械仕掛けの墓がガシャンガシャンと魔鋼を作り続けているように（墓ってなんだっけ？）、あの木の根元から神鉄とかいうアイテムが吐き出されているらしい（木ってなんだっけ？）。

「さてさて。あの木が見えるくらい近づいてきたとなれば……」

吹きすさぶ雪風の先に――ついに俺たちは捉えた。

大樹の生えた白亜の都市を背に、堂々と待ち構える純白の集団を――！

「よぉペンドラゴン、久しぶりだな」

「やぁユーリくん、久しぶりだねぇ？」

かくして、俺たちは再会を果たす。

共に数百人規模の戦士たちを率い、降り積もる雪が血で染まる未来を感じながら……！

第七十話　絶望の時

再び対峙《たいじ》するペンドラゴン。

竜を思わせる黄金の瞳は、変わらず覇気に満ち溢《あふ》れていた。

「さてさて――それではさっそく始めようか」

・ワールドニュース！
ユーリさんが、『暁の女神ペンドラゴン』と遭遇しました！

彼女は刺客集団を統べるボスプレイヤーです。遭遇から20分以上生き残るか、一定ダメージを与えた時点で経験値とアイテムが発生します。

これより、ボスプレイヤーとの公開決戦を開始します――！


「っ、いきなりだな……！」

空に浮かび上がる巨大ウィンドウ。

さらに遠方のプレイヤーにも見えるよう、メニュー画面に俺たちの戦いの光景が表示されることになった合図だ。

「あぁ、勘違いしないでくれよユーリくん。私の目的は、キミたち『魔王側』に新設部隊の脅威を知ってもらうことだ。私自身は手を出すつもりはないよ」

クスクスと笑うペンドラゴン。

そんな彼女の代わりに、『初心者の弓』を持った白ずくめの集団が前に出る。

「さぁて。この世界の全プレイヤーに映像が繋《つな》がったところで――諸君ッ！　どうか見てくれ聞いてくれッ！　この子たちこそが我が『女神側』の隠し玉ッ、『量産型ユーリ部隊』だ――！」

次の瞬間、白ずくめの者たちが手にした弓矢より闇色の輝きが放たれる。

それは間違いなく、憑依《ひょうい》モンスターを宿している証拠だった……！

「よぉホンモノ！　ここにくるまで苦労したが、ついにオレたちも戦えるようになったぜぇ！」

「もう幸運値極振りも最弱武器での無双も、お前だけのアイデンティティじゃねーんだよぉ！」

「覚悟しろよッ！　これからは、オレたちこそが『魔王ユーリ』だ！」

ニッと『俺』のように笑い、『俺』の集団は高らかに吼え叫ぶ。

その異様な光景に、こちら側の仲間たちは改めて表情を苦くした。

「フフフッ……ユーリくん、これがオンラインゲームの宿命というやつだよ？　トップとは真似《まね》されるものさ。

そう、彼らはキミに至るべく頑張り続けてきた。途中でキミのスタイルが弱体化されても、それでもめげないキミを見て、この子たちも努力し続けたんだ」

両手を広げてペンドラゴンは語る。

ただの猿真似と罵るなかれ、彼らの意志力は本物だと。

「何度も何度も殺されながら必死で憑依モンスターを仲間にし、大金をはたいてキミのピーキーな装備の劣化品をどうにか作らせ、二番煎じになることを承知で戦い続けた。そんな彼らのことがいじらしくてねぇ……。より本物に近づくための支援を条件に、仲間になるよう事前に声をかけていたというわけさ」

……そして、今やそいつらは高レベルプレイヤーを蹂躙《じゅうりん》するほどの力を得たってわけか。

ここに向かう道中、まとめ役であるザンソードの下に被害者たちから報告が来ていた。

〝集団PKを働いてきた女神側プレイヤーの中に、決して少なくはない数『魔王ユーリ』が交ざっていた。ヤツらの実力は本物だ〟――ってな。

「か、勝てるのかよこれぇ……！」

「一人でも厄介だっていうのに……」

「くそっ、ユーリさんの群れとかマジでふざけるなよっ!?」

俺の軍勢を実際に目にし、魔王側プレイヤーたちが怯《おび》え竦《すく》む。

その様子にペンドラゴンはご満悦だ。威圧の咆哮《ほうこう》を上げる竜がごとく、俺の仲間たちへと笑い叫ぶ。

「ハハハハハッ！　怖いだろうッ!?　恐ろしいだろうッ!?　この場にいない魔王側諸君も戦いたくはないだろうッ!?

――だからこそ、このタイミングで見せたんだッ！　なぜならキミらの多くは、ユーリくんの強さを奉じて集まった連中だからねぇ。そのユーリくんもどきの連中が何百人といるとなれば、キミらにとっては地獄だろうッ！」

手を突き出すペンドラゴン。それを合図に、俺の軍勢が一斉に矢を構えた。

さらに悪夢は終わらない。周辺に降り積もった雪が〝斬ッッ！〟という音を立てて吹き飛ぶと、そこから刀を手にした白武者たちが現れたのだ……！

純白の弓兵と剣士たちを侍《はべ》らせ、ペンドラゴンは「どうだどうだッ！」と子供のようにはしゃぐ。

「こちら側に大量の新人プレイヤーが追加されたのは知っているだろう!?　彼らには高速レベリングを施し、最優のジョブである『サムライマスター』へと進化させたッ！

斬撃アーツの連打によって押し切ってしまえる職業だ。これでゲーム経験に乏しい者たちでも、立派な戦力というわけさ……！」

その光景に、隣のザンソードが「今度はクローン拙者だとォッ!?」と驚愕《きょうがく》するのだった。

――まさに、戦う前から勝負を終わらせてしまうような見せ札の連打だった。

もう仲間たちの戦意はボロボロだ。圧倒的な数の差をつけられ、大規模な襲撃を受け、俺の軍勢を見せつけられ、さらに新参プレイヤーたちもまとめ役のザンソードもどきに仕立て上げられていると来た。

もはや空気が詰んでいる。多くの者が瞳を曇らせながら、「女神側を選んでおけばよかったか……」と後悔の念を吐く。

「終わりだよ、ユーリくん。これで、数も質も士気も勢いも、全てこちら側が上回ることになるだろう。

そしてキミの財力ももう脅威じゃないさ。幸運値極振りのユーリくん軍団に狩りをさせれば、あっという間にレアアイテムの山が築けるからね。重ねて言うが、終わりだよ」

朗々と響くペンドラゴンの声。それに反抗の言葉を上げる者はいない。

俺もまた、ヤツの放ってきた数々の手に打ちのめされ……、

「うっ……ぐすッ――……！」

『ッ!?』

大軍勢の中、俺は静かに涙した……！

両目から溢れる雫《しずく》が止まらない。容赦のなさすぎるペンドラゴンの謀略に、もう泣かずにはいられなかった……っ！

「ッ、ユーリくん……キミも追い詰められたら泣いてしまうような、人の子だったという

わけか。

いいさいいさ……心の折れた子を追い詰める趣味はないからね。魔王側大将を辞め、戦場を去るのなら手出しは……」

「何言ってんだバカッ！　出来るならもっと追い詰めてくれッッッ！」

「ッ!?」

ふざけたことを言うペンドラゴンに叫ぶ！

そう──俺は嬉《うれ》しいんだよッ！　嬉しくて嬉しくて涙が止まらないんだよォーーッ！

「ありがとうっ、ありがとうな、ペンドラゴンッ！　そして他の女神側プレイヤーたちも本当にありがとうっっっ！！！」

腕を広げて感謝を謳《うた》う！　もうあまりにも感動的で全員抱き締めたい気分だッ！

なぜかみんなが固まる中、俺は泣きながら何度も頭を下げる──！

「あぁッあぁッ、ありがとうみんなぁ！　もう感謝してもしたりねーよっ！　ここまで容赦なく追い詰めるのは大変だっただろう!?　立案したペンドラゴンはもちろん、他のみんなだって全力で努力してくれたはずだ！　お前たちの本気っぷりには泣くしかないッ！」

絶望的な状況に心が弾んで止まらない。

この残酷さが心地いい。何万人もの見ず知らずの人たちが頑張って俺を虐《いじ》めてくれている興奮に、身体《からだ》が熱く火照って震えてしまう。

両手で必死に抱き締めても、感激の痙攣《けいれん》が止まらない……ッ！

「あぁ、いい加減に気付いたんだよ――俺は絶望が大好きだ……！」

この、最低最悪にまで追い詰められた状況を前に、俺は最高の笑みを敵軍に浮かべるのだった……！

第七十一話　最凶ッッッ!!!　覚醒の魔王軍！

――曇天の空より光が差し始める。

降りしきる雪が陽光を受けてキラキラと輝き、世界がとても美しく感じられた。

あぁそうだ……凍《い》てつくような冷たさの雪も、きっかけや見方一つで宝石よりも尊い光を放つんだよ。

「俺は、絶望が大好きだ。窮地や危機が大好きだ……！」

集まってくれたみんなに告白する。

ありがとうみんな……みんなのおかげで俺はようやく自覚できたよ。

「策略も謀略も上等だ。多勢に無勢も望むところだ。

大集団に刺して殴られて嬲《なぶ》られて晒《さら》されて踏みつけられそうになっているんだと思うと

――心が滾《たぎ》るッ！」

拳を強く強く握り、沸き上がる喜びを噛み締める。

――大軍勢の大将という、負けてはいけない立場に据えられて。それから始まる数多《あまた》の策に翻弄されて……。

そこでまともな大将だったら、悲しまなければいけなかったんだ。怒って、悔やんで、どうにか仲間たちを支えようと苦心しなければいけなかったんだ。

……でもダメだったよ……。

俺、今ッ、この状況がめちゃくちゃ楽しいんだ――ッ!

「俺は不幸が大嫌いだ。何の理由もなく降りかかる理不尽が嫌いだ。

――だけどッ、お前たち『敵』は違うだろうッ!? お前たちはみんなが全力で俺を見据え、俺のために苦労して時間をかけて追い詰めようとしてくれている!

あぁっ、こんな幸せがあるかよ! たくさんの人たちが真心を込めて紡ぎあげてくれた絶望を、楽しまなくてどうしろっつーんだよッ!」

だからみんな、本当にありがとう。

俺はみんなと出会えてよかった。感謝の思いがさっきから沸き上がって止まらないよ。

「ペンドラゴンには特にお礼を言わなきゃだよな。お前の謀略は最高だよ」

「なっ……いや……えぇ……?」

溢《あふ》れる涙をそのままに、今一度、精一杯の笑顔を作る。

俺、ちゃんと笑えているかな? 目が死んでるとかよく言われるけど、今なら人を幸せにできるような笑みを浮かべられているはずだよな?

「本当に本当に、お前たちのことが大好きで仕方ないんだ」

ああ、だから――。

「――今から全員、ぶっ殺すからな？」


そして俺は、ペンドラゴンの背後にいた量産型ユーリの一人に近づいた。

その頬を撫《な》でてやったところで、ようやくそいつは俺の存在に気が付いたようだ。

「はッ――えッ!? なっ、いつの間に!?」

「モンスタースキル【瞬動】ってやつだ。発声せずとも、モンスターの意思で発動できる」

ブーツに宿った使い魔・マーくんとは心を通わせているからな。

それに今やマーくんは特殊進化を果たしたことで、敏捷《びんしょう》値を大きく向上させていた。

スキルを合わせれば瞬間移動じみたことも出来る。

「じゃあ偽者ども。まずはお前たちに死に方をレクチャーしてやるよ――ッ！」

驚愕する量産型の口に手を突っ込み、虚空の存在に呼びかける――！

「巨獣召喚ッ！」

次の瞬間、手を突っ込んでいた量産型の肉体がブクブクブクブクブクッッッッッッと風船のごとく一気に膨らみ、巨大な球状となった。

そして響く断末魔。一瞬で人間ではなくなったそいつは、白目を剝《む》いて狂い叫ぶ。

「ぎゃあああああああああああああああああああああああああああああああああああーーーーーーーーーーーーーーーーーーッッッ！？！？！？」

それが最期の一声だった。

伸びきった皮はついに破裂。ミンチとなった肉体は、呆然《ぼうぜん》とする敵軍に雨となって降り注ぎ——、

「さぁ、産声を上げろ！『死滅凱虫《がいちゅう》アトラク・ナクア』ーーーッ！」

『ギッシャァアアアアアーーーーーーーーーーッ！！！』

かくして降臨する怪異。

全身から何千体ものヒト型鎧《よろい》を蛆虫《ウジムシ》のごとく湧かせた、超巨大蜘蛛《ぐも》が咆哮《ほうこう》を上げたのだった——！

「アハハハハハハハハハハハッ！　レッスン1だ！　いくら食いしばりスキル【執念】を持っていようが、原形がなくなるくらい肉体が弾《はじ》ければ死んじまうんだよォッ！　そしてぇ！」

新たな仲間であるアーちゃんが、その巨体を戦慄《わなな》かせた。

すると全身に生えた『アーマーナイト』が粘液を散らしながら飛び出し、量産型ユーリ軍団を襲い始めたのだ——！

『キェエエエエエーーーーーーーーーーッッッ！』

「うわッ、鎧の大軍が攻めてきたぞーーーッ!?」

純白にまみれていた戦場を、一瞬にして漆黒が染め上げていく。

このアーマーナイト大量召喚は一時的なものだ。巨獣召喚は10秒しか出来ない縛りがあるように、アーちゃんから出てきたアーマーナイトたちも1分ほどで消え失《う》せる。

だが。

『アーツ発動ォオオッ！「魔剣招来」ッ！』

『キシャァアアアーーーーーーーーーーッ！！！』

1分もあれば、戦場を支配するには十分だった……！

現れた何千体の黒鎧から、さらに何千体もの『リビング・ウェポン』が現れ、虐殺の限りを尽くす……！

「やられるかクソッ！　スキル発動【執念】ッ！　スキル発動【執念】ッ！　スキッ、ぎゃぁぁあああっ!?」

「か、数が多すぎるッ！」

「くそぉっ、一体一体は雑魚なのにーーーっ！」

黒鎧と魔剣の群れに殲滅《せんめつ》されていく量産型たち。

これがお前たちの——そして俺自身の弱点だよ。

「元々、アーマーナイトもウェポンたちも、序盤で出るような低レベルモンスターだ。それに加えて巨獣召喚の二次産物であるコイツらは、全員1分で消えるしレベルも1まで落とされている」

　こいつらを使った初心者狩りをさせづらくするためだろう。よってステータスも最低値だ。

「だがしかし。一撃喰《く》らえば死ぬような俺たちにとっては、それで十分脅威だよなぁ？今の内から手数押しに慣れておきやがれ……ッ！」

　戦場を満たす断末魔。黒に飲まれていく純白。

　そんな凄惨で愉快すぎる光景の中、俺は呆然としている魔王軍へと呼びかける。

「なぁお前ら――俺のことを信じているかァッ!?」

『ッ――!?』

　ピクリと、全員の肩がわずかに跳ねた。

　全員が俺を一斉に見る。

「ペンドラゴンは言ってたよなぁ!?　お前らの多くは俺の強さを奉じて集まった者たちだ、ゆえに量産型を何百人も見せつけられたら堪《こた》えるだろうってよ。

　――だけど見ろよッ！　その量産型は死にまくってるぜぇッ!?　常に最高の装備と最強の使い魔と最新の技を集め続けるオリジナルの俺には、及ぶわけがねぇだろうがよォオオオッ！」

　舞い散る血潮と絶叫を前に、霧散していく絶望の空気。

心折れていた野郎どものツラに、再び気合いが漲《みなぎ》り始める……！

「ペンドラゴンの策を打ち破るのは簡単だッ！　お前らが、さらにこの俺を信じればいいッ！　量産型の山なんざハリボテくらいにしか感じられないくらいッ、俺のことを愛しやがれッ！

ならば俺も応えてやるさ。俺の強さの全てを魅せてなァーーーッ！」

複数の矢を手に出現させ、さらにはスキル【武装結界】により闇色の武具を出現させる。

そして、それらを天に向かって一斉射出。

空へと翔《か》ける殺意の群れは、無数に分裂し、拡散し、やがて暴風と爆炎を纏《まと》い始め――！

「アーツ発動！『暴龍撃』三十連打ーーーーーーーーーーッ！」

『ガァアアアアアアアーーーーーーーーーーーーッッッ！！！』

そして現れる魔龍の軍勢――！

風と炎のドラゴンたちが量産型共を一気に斬り裂き焼き尽くし、この世から消し去っていくのだった……！

これが俺の新技。

烈風の使い魔『巫装憑《ふそうひょうしん》神ハストゥーラ・ウェポン』と烈火の使い魔『巫装憑神クトゥグア・ウェポン』に進化したポン太郎たちを用いた、スキル【分身】盛りスペシャル『暴龍撃』だ。

斬撃特性と爆発特性を得た龍の軍勢に殺されやがれ。

「さぁどうだ、『魔王側』のプレイヤーどもッ！　まだ足りないか!?　まだこの俺を信じられないかッ!?　『魔王』を有する我が軍は最強だと、胸を張って言えないかッ!?」

『いッ──否ッ！　否ッ！　否ァァアアアーーッ！』

沈み込んでいた顔を上げ、仲間たちは武器を握る。

あぁそうだ、気張れよお前ら。翻弄されっぱなしなんて悔しいだろう？　このままモブで終わりたくないだろう!?

俺の強さに憧れを持って集まった以上は、お前らだって強者になりたいはずだよなぁッ!?

「ならばお前らッ、暴れ狂えッ！　もう後先なんて知ったことかよォオオオッ！　どうせ劣勢の悪役なんだッ、だったら敵を地獄に堕《お》として笑いながら爆散しようやァアアーーーーーーッ！！！」

『オオオオオオオオオオオオーーーーーーーーーーーーーーーーーーーッッッ！！！』

ハイな叫びが戦場に満ちる！

全軍が一斉に飛び散ると、まだ生きていた俺の偽者や量産型ザンソードどもに斬りかかっていく！

もはや全員が破れかぶれだ。「死ね死ね死ね死ねぇえええええ！！！」と叫びながら、防御も考えずに武器を振るって振るいまくるッ！

――その結果。

「やっ、やめっ、ぐはぁああああッ!?」

「ってアレーッ!?　なんか普通に殺せるジャーンッ！！！」

……まるで詰んでいた状況が嘘《うそ》のように、敵兵を次々と葬り始めたのだ。

そう。別に俺たちは終わっていなかった。さっきのはあくまでも見せ札合戦であり、演出家のペンドラゴンによって負けたような『空気』が生まれていただけなのだ。

「ハハハッ、飲まれていただけなんだよお前たちは。

量産型の俺もザンソードも、仕留め方は簡単だ。どっちも高い攻撃力でテキトーに攻めまくれば死ぬんだよ」

まず俺は手数に弱い。さらにほとんどのステータスはゼロであり、攻撃力は憑依《ひょうい》武器に補ってもらっている状況だ。

ゆえに弓矢を放つ間もないくらいに組み付いて、ガシボカ殴りまくれば普通に死ぬ。

そして量産型ザンソードも同じだ。

そいつらの多くは、経験不足をジョブ性能で補っただけの新人だそうだからな。

普通にレベル差で強い攻撃連発してれば死ぬだろ。

「よっしゃぁあああああああーーーーーーーーーッ！　殺《や》りまくってたらやる気出てきたぜぇえええええ！！！」

「なんだよなんだよッ、絶望してたのが馬鹿らしいじゃねーかよ!?」

「うぉおおおおおおお暴れてやるぜぇえええええ！！！　苦い顔してないでリアルじゃ出来ない暴力も殺人も楽しまなきゃッッッ！」

「あ、これって公開決戦だったッ!?　オーーーーーイ新人プレイヤーのみんな見てるかァアアアーーーーッ!?　なんかもうオレたち負けても敵を苦しめられたらそれでいいような気がしてきたから、敵になっていいぞー！　あとで絶対に絶対にプレイヤーキルしてやるからーッ！」

拳と剣を振るいまくってゴキゲンマックスな魔王軍メンバー。

ふふふ、可愛《かわい》い奴《やつ》らだ。運営から悪役認定を受けたことを皮切りに、ずっとずっと追い詰められてきたことで、完全にブレーキが壊れたみたいだな。

魔術師プレイヤーも俺の真似《まね》をして敵の体内に杖突《つえ》っ込んで魔法撃ってやがる。いたずらっ子だぜ。

「――と、いうわけだ。さぁペンドラゴン、気分はどうだ？　そして運営ども、望んだとおりに悪を務めるぜ？

もうグダグダしてるのは馬鹿らしいからよぉ、これからは絶望の恩返しだ。お前たちがやってくれたように、俺たちも敵対者を追い詰めて苦しめて嬲《なぶ》り殺してやるから、よろしくな？」

「ッ……!?」

立ち尽くすペンドラゴンにもう一度笑う。

暴力を振るっていた仲間たちも、血の付いた顔で一斉に笑顔を向ける。

生き残った敵兵どもが「ヒッ⁉」と可愛い鳴き声を上げた。

そんな俺たちに対し、ペンドラゴンも冷や汗を掻《か》きながら笑みを浮かべた。

「ハッ――ハハハハハハッ！ぉ、お前たちはアレだな！　だいぶおかしいなッ！　運営くんたちも今ごろ震えて泣いてるだろうよ、このままじゃゲームの治安が崩壊するとな！」

「いいじゃねえか別に。みんなで絶望して怒って泣いて恨んでいこうぜ？――それを楽しく発散するために、四日後の『絶滅大戦』はあるんじゃねーかよ」

俺は思う。

これは所詮ゲームだ。命のやり取りも暴力も絶叫も、リアルに戻れば消えるような仮初《かりそめ》のものでしかない。

だからこそ――リアルでは堪《こら》えきれないようなマイナス感情も、本気で燃やして本気で相手にぶつけていけばいいいんだよッ！

「さぁペンドラゴンッ！　もっと俺を追い詰めてくれよッ！　どんな苦難も本気で楽しく喰らい尽くしてやるからよぉッ！　さぁさぁさぁさぁさぁさぁッッッ！」

「ッ～～～!?　ウッハハハハハハハハハッ！　あぁもうキミは最高すぎるッ！　必死で立てたハメ殺しの策を全部味わって食い破るとか、敵として最悪で最凶すぎるッ！

なぁ仲間たちよ、まだ生きている者たちよッ！　アレがこのゲームのトップだぞ！　キミたちの目指す最強の座だぞッ！」

白き剣を指揮棒のごとく差し向けるペンドラゴン。

それに合わせ、倒れ伏していた女神側プレイヤーたちが起き上がってきた。

傷だらけの彼らの瞳には、激しい敵意と強い興奮が。

「つまりッ、ヤツを倒した者こそが最強というわけだッ！　さぁ、全員かかれーーーーーーッ！」

『ウォオオオオオオオオオオオーーーーーーーーーッ！』

そして押し寄せる死兵の軍勢。

俺への殺意を全力で燃やし、一斉に飛びかかってくる――！

「いいぜ、やろうか……！」

かくして、俺の眼前が敵兵の群れで埋め尽くされようとした――その時。

「――わりぃなオメェら。『魔王ユーリ』を殺す権利は、オレ様だけのモノなんだよォォオオオーーーーーーーッ！！！」

次の瞬間、空に舞い散る花火のごとく敵兵たちが全員吹っ飛ぶ――！

彼らの胸に刻まれた『鉄拳』の痕。そして気付けば俺の前には、強く頼もしい男の背中が……！

あぁ、お前は――！

「スキンヘッドッ！」

「よぉユーリ、新しい衣装もエロいなぁまったく！」

そう言ってヤツは、俺のむき出しの片腿《かたもも》をペシペシと叩《たた》くのだった。

その分厚い手の感触が酷《ひど》く懐かしく感じる。

「遅れちまって悪かったなぁ『大将』。――今回のオレ様は、『魔王軍』として参戦するぜぇ……！」

あとがき

美少女作者こうりーーーんっ！

はじめましての方ははじめまして、馬路まんじです！！！

顔出し声出しでバーチャル美少女ツイッタラーをしてるので検索してね！

@mazomanzi　↑これわれのツイッターアカウントです！　いえい！！！！

同時期に出した作品と同じくもはやあとがきを書いてる時間もないので、とにかく走り書きでいっぱいビックリマークを使って文字数を埋めていきますッッッ！！！！！　というかだいたいコピペです！！！　いつもコピペあとがきです！！！！！

『ブレスキ4巻』、いかがだったでしょうか！！！？

クライマックスに向けてこのまま一直線ですわー！　いよいよ次回は最終巻になりますので、ぜひみなさまついてきてください！　（4巻はwebに比べてあまり改変要素がありませんでしたが、最終巻はもうマシマシの大ボリュームにする予定です！）

また、この作品が発売される頃にはいよいよマンガの詳細も出ていると思うので、ぜひぜひ検索を！！！！！　ツイッターに感想上げれば探しに行きます！

おっぱい見せるのでネット掲示板とかで宣伝してください！(;ω;)

そしてそしてWEB版を読んでいた上に書籍版も買ってくださった方、本当にありがとうございます！！！！！！　今まで存在も知らなかったけど表紙やタイトルに惹かれてたまたま買ってくれたという方、あなたたちは運命の人たちです！！！　ツイッターでＪカップ猫耳メイド系バーチャル美少女をやってるので、購入した本の画像を上げてくださったら「お兄ちゃんっ♡」と言ってあげます！！！！！！！！　美少女爆乳メイド妹ちゃん交換チケットとして『ブレスキ』を友達や家族や知人や近所の小学生やネット上のよくわからないスレの人たちにホンマぜひぜひぜひぜひオススメしてあげてくださいねー！！！！！！！　よろしくお願いします！！！！　ツイッターに上げてくれたら反応するよ！！！

そして今回もッ！　この場を借りて、ツイッターにてわたしにイラストのプレゼントやア○ゾン欲しいものリスト（死ぬ前に食いたいものリスト）より食糧支援をしてくださった方々にお礼を言いたいです！！！！！！

高千穂絵麻（たかてぃ）さま、皇夏奈ちゃん、磊《こいし》なぎちゃん（ローションくれた）、おののきももやすさま、まさみゃ～さん、破談の男さん（乳首ローターくれたり定期的に貢いでくれる……！）、たわしの人雛田黒さん、ぽんきちさん、無限堂ハルノさん、明太子まみれ先生（イラストどちゃんこくれた！）、がふ先生、イワチグ先生、ふにゃこ（ポアンポアン）先生、朝霧陽月さん、セレニィちゃん、リオン書店員さん、さんますさん、Haruka さん、黒毛和牛さん、るぷす笹さん、味醂味林檎さん、不良将校さん、№８さん、走れ害悪の地雷源さん（人生ではじめてクリスマスプレゼントくれた……！）、ノベリスト鬼雨さん、パス公ちゃん！（イラストどちゃんこくれた！）、ハイレンさん、蘿蔔《すずしろ》だりあさん、そきんさん、織侍紗《おささ》ちゃん（こしひかり8kgくれた）、狐瓜和花。さん（人生で最初にファンアートくれた人！）、鐘成さん、手嶋柊。さん（イラストどちゃん＋ガンダムバルバトスくれた！）、りすくちゃん（現金くれた！）、いづみ上総さん（現金くれた！）、蒼弐彩ちゃん（現金くれた！！！！）、ナイカナ・シュタンガシャンナちゃん（現金くれた！！！）、エルフの森のふぁる村長（エルフ系vtuber、現金くれたセフレ！）、なつきちゃん（現金とか色々貢いでくれた！）！！！！、ベリーナイスメルさん、ニコネコちゃん（チ〇コのイラスト送ってきた）、瀬口恭介くん（チ〇コのイラスト送ってきた）、矢護えるさん（クソみてぇな旗くれた）、王海みずちさん（クソみてぇな旗くれた）、中卯月ちゃん（クソみてぇな旗くれた）、ＡＳＴＥＲさん、グリモア猟兵と化したランケさん（プロテインとトレーニング器具送ってきた）、かへんてーこーさん（ピンクローターとコイルくれた）、ぉ拓さんちの高城さん、コユウダラさん（われが殴られてるイラストくれた）方言音声サークル・なないろ小町さま（えちえちＣＤ出してます）、飴谷きなこさま、気紛屋進士さん、奥山河川センセェ（いつかわれのイラストレーターになる人！）、ふーみんさん、ちびだいずちゃん（仮面ライダー変身アイテムくれた）、紅月潦さん、虚陽炎さん、ガミオ／ミオ姫さん、本屋の猫ちゃん、秦明さん、ＡＮＺさん、tetraさん、まとめななちゃん（作家系Vtuber！　なろう民突撃じゃ！）Ｔ‐ＲＥＸ＠木村竜史さま、無気力ウツロさま（牛丼いっぱい！！！）、雨宮みくるちゃん、猫田＠にゃぷしぃまんさん、ドルフロ・艦これを始めた北極狐さま、大豆の木っ端軍師、かみやんさん、神望喜利彦山人どの、あらにわ（新庭紺）さま、雛風さん、浜田カヅエさん、綾部ヨシアキさん、玉露さん（書籍情報画像を作成してくれた！）、幽焼けさん（YouTubeレビュアー。われの書籍紹介動画を作ってくれた！　みんな検索ぅ！）、レフィ・ライトちゃん、あひるちゃん（マイクロメイドビキニくれた）、猫乱次郎（われが死んでるイラストとか卵産んでるイラストとかくれた）、つっきーちゃん！（鼻詰まり）、一ノ瀬瑠奈ちゃん！、かつさん！、赤城雄蔵さん！、大道俊徳さん（墓に供える飯と酒くれた）、ドブロッキィ先生（われにチンポ生えてるイラストくれた）、葵・悠陽ちゃん、かなたちゃん（なんもくれてないけど載せてほしいって言ってたから載せた）、イルカのカイルちゃん（なんもくれてないけど載せてほしいって言ってたから載せた）、みなはらつかさちゃん（インコ）、なごちゃん、diaちゃん、このたろーちゃん、颯華ちゃん、谷瓜丸くん、武雅さま、ゆっくり生きるちゃん、秋野霞音ちゃん、逢坂蒼ちゃん、廃おじさん（愛くれた）、ラナ・ケナー4歳くん、朝倉ぷらすちゃん（パワポでわれを作ってきた彼女持ち）、あきらーめんさん（ご出産おめでとうございます！）、そうたそくん！、透明ちゃん、貼りマグロちゃん、荒谷生命科学研究所さま、西守アジサイさま、上ケ見さわちゃん（義妹の宣伝メイド！　よく曲作ってくれる！　キスしたら金くれた！！！）、シエルちゃん、主露さん、零切唯衣くんちゃん、豚足ちゃん、はなむけちゃん（アヒルとキーボードくれた）、藤巻健介さん、Ssg．蒼野さん、電誅萬刃さん！、水谷輝人さん！、あきなかつきみさん、まゆみちゃん

（二万円以上の肉くれた）中の人ちゃん！、hakeさん！、あおにちゃん（暗黒デュエリスト集団『五大老』の幹部、恐怖によって遊戯王デュエルリンクス界を支配している）、八神ちゃん、22世紀のスキッツォイドマンちゃん、マッチ棒ちゃん〜！、ｋｔ６０さん（!?）、珍さん！、晩花作子さん！、能登川メイちゃん（犬の餌おくってきた）、きをちゃん、天元ちゃん、の@ちゃん（ゲーム：シルヴァリオサーガ大好き仲間！）、ひなびちゃん、dokumuさん、マリィちゃんのマリモちゃん、伺見聞士さん、本和歌ちゃん、柳瀬彰さん、田辺ユカイちゃん、まさみティー／里井ぐれもちゃん（オーバーラップの後輩じゃぁ！）、常陸之介寛浩先生（オーバーラップの先輩じゃぁ！(;ω;)）ゴキブリのフレンズちゃん（われがアヘ顔Wピースしてるスマブラのステージ作ってきた）、いるちゃん、腐った豆腐！　幻夜んんちゃん、歌華@梅村ちゃん（風俗で働いてるわれのイラストくれた）、三島由貴彦（姉弟でわれのイラスト書いてきた）、白夜いくとちゃん、言葉遊人さん、教祖ちゃん、可換環さん（われの音楽作ってきた）、佳穂一二三先生！、しののめちゃん、闇音やみしゃん（われが●イズリしようとするイラストくれた）、suwa狐さん！、朝凪周さん、ガッチャさん、結城彩咲ちゃん、amyちゃん、ブウ公式さん！、安房桜梢さん、ふきちゃん！、ちじんちゃん、シロノクマちゃん、亞悠さん（幼少の娘にわれの名前連呼させた音声おくってきた）、やっさいま♡ちゃん、赤津ナギちゃん、白神天稀さん、ディーノさん、ＫＵＲＯさん、獅子露さん、まんじ先生１００日チャレンジさん（１００日間われのイラストを描きまくってくれるというアカウント。８日で途絶えた）、爆散芋ちゃん、松本まつすけちゃん、卯ちゃん、加密列さん、のんのんちゃん、亀岡たわ太さん!（われの line スタンプ売ってる!）、真本優ちゃん、ぽにみゅらちゃん、焼魚あまね／仮名芝りんちゃん、異世界GMすめらぎちゃん、西村西せんせー、オフトゥン教徒さま（オーバーラップ出版:「絶対に働きたくないダンジョンマスターが惰眠をむさぼるまで」からの刺客）、kazu くん、釜井晃尚さん、うまみ棒さま、小鳥遊さん、ATワイトちゃん（ワイトもそう思います）、海鼠腸ちゃん!（このわたって読みます）、棗ちゃん!（なつめって読みます）、東西南（きたなし）アカリちゃん（名前がおしゃれー!）、モロ平野ちゃん（母乳大好き）、あつしちゃん（年賀状ありがとー!）、狼狐ちゃん（かわいい!）、ゴサクちゃん（メイド大好き! いっぱいもらってるーーーー!）、朝凪ちゃん（クソリプくれた）、kei- 鈴ちゃん（国語辞典もらって国語力アップ!）、Prof.Hellthing ちゃん（なんて読むの!?）、フィーカスちゃん!、なおチュウさん（なんもくれてないけど載りたいって言ったから載せます!）、ばばばばばばばば（スポンジ）、裕ちゃん（ラーメンとか!）、森元ちゃん!、まさくん（ちんちん）、akdbLack さま!、MUNYU／じゃん・ふぉれすとさま!、東雲さん、むらさん、ジョセフ武園（クソリプ! ※↑くれる人多数）、ひよこねこちゃん（金……!）、こばみそ先生（上前はねての漫画家様! 水着イラストくれた!）、家々田不二春さま、馬んじ（われの偽物。金と黒毛和牛くれた、本買いまくって定期的に金くれる偽物）、夕焼けちゃん、ジョセフ、ングちゃん、黒あんコロコロモッチちゃん（かわいい）、RAIN、月見、akdblack ちゃんさま!、TOMrion、星ふくろうしゃま、紬、ウサクマちゃん、遠野九重さま（独立します！！！）、魔王なおチュウさま（スパッツのやベーやつ）、本当にありがとうございましたーーー！　ほかにもいつも更新するとすぐに読んで拡散してくれる方々などがいっぱいいるけど、もう紹介しきれません！！！！！！　ごめんねえええそしてありがとねええええええええええええ！！！！！！！！！！(;ω;)

そして最後に、4巻でも素晴らしいイラストを届けてくれたイラストレーターの霜降さま（現在ゲームで大活躍中！）とッ、右も左も分からないわたしに色々とお世話をしてくださった編集のひぐちさま（いつもお世話になっております！）と製本に携わった多くの方々、そして何よりもこの本を買ってくれた全ての人に、格別の感謝を送ったところで締めにさせていただきたいと思います！　本当に本当にありがとうございましたあああああああ！　ファンレターもおくってねー！

最後の最後に、これ「小説家になろう」のマイページですのでぜひぜひお気に入り登録しといてください何でもしますから(;ω;)！！！

われの書いたいろんな小説がタダで読めまーす!!（手打ちでポチポチ押すのがだるい人は「なろう　馬路まんじ」で検索をー！）↓https://mypage.syosetu.com/1339258/

いえーーーーーーいっ！

OVERLAP

ブレイドスキル・オンライン 4
~ゴミ職業で最弱武器でクソステータスの俺、
いつのまにか『ラスボス』に成り上がります!~

発　行 2022年4月25日 初版第一刷発行

著　者 馬路まんじ
発行者 永田勝治
発行所 株式会社オーバーラップ
〒141-0031 東京都品川区西五反田8-1-5
校正・DTP 株式会社鷗来堂
印刷・製本 大日本印刷株式会社

Printed in Japan ISBN 978-4-8240-0158-0 C0193